中国散文 100 强

凌翔　主编

野花

于振坤　著

北方文艺出版社

哈尔滨

图书在版编目（CIP）数据

　　野花 / 于振坤著. -- 哈尔滨：北方文艺出版社，

2024. 7. -- (中国散文100强 / 凌翔主编). -- ISBN

978-7-5317-6348-2

　　I . I267

　　中国国家版本馆CIP数据核字第20248YB763号

野花

YEHUA

作　者 / 于振坤

责任编辑 / 富翔强　　　　　　　　封面设计 / 邓小林

出版发行 / 北方文艺出版社　　　　邮　编 / 150008

发行电话 /（0451）86825533　　　经　销 / 新华书店

地　址 / 哈尔滨市南岗区宣庆小区 1 号楼　网　址 / www.bfwy.com

印　刷 / 三河市同力彩印有限公司　　开　本 / 710毫米 × 1000毫米　1/16

字　数 / 80 千　　　　　　　　　　印　张 / 12.5

版　次 / 2024 年 7 月第 1 版　　　　印　次 / 2024 年 7 月第 1 次印刷

书　号 / 978-7-5317-6348-2　　　　定　价 / 59.80 元

目录

第三章　心灵的笛音

第一章 大自然的馈赠

经过荷塘

夏季，每次去公园，经过荷塘，我都会在那里驻足片刻。

其实，何止我一个人会这样？许多人都会这样。因为夏季里的荷塘，风景简直太美了。

记得上次，经过荷塘，荷花还没有开，但那满池大而圆的绿叶，已经吸引了众人的围观。人们对荷花充满敬意，期待着荷花的盛开。

今日经过荷塘，荷花已经开满池塘。

那亭亭玉立的荷花，风姿楚楚，淡淡的清香，洁净的美感，吸引了众多人前来观赏。

"正是荷花开满池，便是人间好时节。"

在观赏的人群中，有坐轮椅来的老年人，有带孩子来的年轻父母，还有谈情说爱的年轻人……

有位摄影爱好者，捕捉到一只翠鸟。这只翠鸟刚落在水面的荷叶上，就一个猛子扎进水里，紧接着又迅速地飞出水面——那真是一个"快"字，也就是上一秒和下一秒的事儿。它飞出水面的那一刻，真的好美——彩色的羽毛，鲜艳靓丽，晶莹的水珠，银光闪闪，那尖尖长长的嘴里还叼着一条乱动的小鱼……

许多人，纷纷拍照或跟荷花留影。

我想起宋代文人周敦颐的《爱莲说》：

水陆草木之花，可爱者甚蕃。晋陶渊明独爱菊。自李唐来，世人甚爱牡丹。予独爱莲之出淤泥而不染，濯清涟而不妖，中通外直，不蔓不枝，香远益清，亭亭净植，可远观而不可亵玩焉。

予谓菊，花之隐逸者也；牡丹，花之富贵者也；莲，花之君子者也……

这句"出淤泥而不染"，已成为经典之句，不仅反映了人们对荷花的赞誉，也揭示了人们对美好、纯洁人格的向往与景仰。

据说，荷花能保持洁净，是由它表层的构造决定的——用显微镜观察荷叶的表面，你会发现密布着一个个晶莹突起的小小乳突，这些小小的乳突具有微米－纳米双重结构，就像一座座小山峰，阻隔着水的渗入。当水滴落在荷叶上时，就会随风滚落，顺便带走叶面上细小的尘埃，从而确保叶面上的气孔可以自由呼吸。在荷花花瓣上，也附着着相同构造的角质层。

如此说来，荷花的洁净来源于其自身。

而且荷花对污染的拒绝是彻底的，而我们人类对"污染"的拒绝，相比于荷花却要逊色得多……

俄国小说家契诃夫说："人的一切都应该是干净的，无论是面孔、衣裳、还是心灵、思想。"

是的，人的一切都应该是干净的。干净的人待人真诚，做事踏实，为人善良，遵纪守法，让人舒服……

而要成为一个干净的人，我看关键是要有一个纯洁的灵魂。

纯洁的灵魂，其实也是需要播种的。

人的灵魂就好比是田野，你在田野里播下什么种子，你的灵魂里就会结出什么果子。

假如，你喜欢荷花，想做一个"出淤泥而不染"的人，那么，就在你灵魂的田野里播下"荷花的种子"好了……

种瓜得瓜，种豆得豆。

我经常提醒自己：余生，不义之财不拿，不当之利不得，不法之事不为……

我沿着荷塘边继续漫步，目光仍然停留在荷花上。那一朵朵荷花千姿百态，一片片荷叶挨挨挤挤，一阵阵微风送来缕缕清香，一颗颗水珠在荷叶上滚来滚去……

荷花——圣洁美丽的象征。

来生，我愿做一朵荷花。

创作于 2020 年 6 月

日光菊

一连下了几天雨，天空总是灰蒙蒙的。看样子，丝毫没有放晴的意思。办公室里，这几天也暗了许多。

同事小张，和我一个办公室，我们俩是对桌。早上，他带来几棵日光菊，插在花瓶里，放在我的办公桌上。

看到日光菊，我就像看到了阳光，心情立刻愉悦起来。

小张说，他喜欢日光菊，他家的园子里种了不少日光菊。

其实，我也喜欢日光菊。我喜欢日光菊的泼实劲儿。真的，日光菊对环境的适应性非常强，随便找个什么地方就能生长起来，它耐寒、耐热、耐旱、耐涝，不像温室的花草。从外形看，它简直就是向日葵的缩小版，一朵一朵的，像孩子们可爱的笑脸。那花瓣的颜色，金黄金黄的，犹如太阳的颜色，给人一种热情、奔放、灿烂的感觉。

我的办公桌上有了日光菊，办公室里敞亮了许多。

小张是个活泼热情的80后。他的父母原本住在农村，前年，他的父亲不幸患了脑出血，当时，经过医生的全力抢救，性命是保住了，但是丧失了生活能力。小张为了减轻母亲的负担、照顾好父亲，去年他将父母接到城里的家中。这样，他白天上班，晚上回家照顾父亲。一年来，他没有耽误一天工作，工作上他总是任劳任怨、尽职尽责，去年他还被评为单位的先进工作者呢。

有一天，我问小张："累不累？需要我帮你做些什么？"

小张微笑着说："不累，不需要帮什么，一切都会好的。"

他总是这么乐观，对自己所做的事情，又总是充满希望。

两年来，小张的父亲在小张的悉心照料下，身体状况越来越好。

在单位里，小张从入厂时的生产工人，到车间的技术人员，再到现在科室职能的管理者——十年的时间，他走了三大步，一步一个脚印，扎扎实实……

望着办公桌上的日光菊，我忽然觉得，小张不就是"日光菊"嘛！他满满的正能量，充满活力，即使生活遇到阴影，也自带光芒……

创作于 2022 年 7 月

山谷里的花

早晨醒来，鸟啼树间。我洗漱完，走出山村，直奔山谷。

山谷距山村五里路，但要翻过一个山头，再走上一段弯弯的小路。

正是春末，晴朗的天。从山里吹过来的风，带着青草和野花的气味，轻轻地吹拂着我的面颊和胸襟，我心生惬意，脚底生风，一会儿工夫就到了山谷。

站在山谷的边缘，看到山谷不深，虽有裸露的岩石，但没有悬崖峭壁奇石异峰，也没有雪浪翻卷飞瀑轰鸣。从谷底到谷顶，从眼前向纵深，绿茵茵是山谷的主旋律。那浓浓的绿、淡淡的绿，是树，是草，是野花的茎和叶。它们高低起伏，随着山谷而绵延。绿色的中间开着许多异样的花，有白色的老鸦瓣、照山白，黄色的龙牙草、刺五加，红或紫色的马兰花、益母草、锦地罗……

这些花，五颜六色、千姿百态，散落在山谷里，阳光一照，仿佛千万颗星星在眼前灼灼闪耀。微风一吹，它们像在跳舞，又像千万张稚嫩的小脸儿在向我微笑……

我陶醉于山谷里，欣赏着这里的每一朵花。

当走到山谷的底部，谷底的涓涓细流淙淙作响，浸湿了我的鞋子，我竟全然不知——我被小溪边上的一株蒲公英吸引住了。它开了许多金黄色的花，绿油油的叶子，直挺挺的花茎，坚韧而苍劲。它的根像藤蔓，已深埋在小溪边的岩缝里。

这是一朵最为普通、最为常见的花。但是，这朵花和我以前见过的有所不同，以前见过的是趴在地上的，可这朵花是向上的。也许，是因为它长在小溪边能吸取足够的营养又没有人来践踏。它那张开的小花瓣微微颤动，好像在和我说话："欢迎你老朋友！"是啊，相信我们这些"50后"的人，几乎所有的童年都曾与它邂逅过。它生长在路边、荒野、房前、屋后。那白白的小绒球，是它的种子。记得小时候，我常将那小绒球放在嘴边使劲地吹，每次吹，那小绒球都会四处分散，像天空中的降落伞。

如今，在城里已经很难再见到它了——到处是柏油路、水泥地面、高楼大厦……一想到这些，怜悯之心油然而生……

我更爱这山谷里的花了。

也许，你会觉得这山谷里的花，没有河南洛阳的牡丹花花大色艳、雍容华贵，也没有福建漳州的水仙花叶姿秀美、花香浓郁，更没有浙江金华的山茶花花姿绰约、端庄高雅。

是的，我不否认你的感觉，它们是名花，具有很高的观赏价值。

但是，这山谷里的花却是纯天然、纯野生的啊！它们不羡慕名花，不卑贱自己，按照自己的天性活得非常自然；它们远离城区、远离人群，习惯于无人欣赏，活得自在且清闲。

我赞赏它们。

人，有许多种活法。

如何选择？

也许，你可以选择像这山谷里的花一样，会生活得不累，且富有情趣。

"智慧的人，永远不会活在别人的嘴里，或者眼里。"

我站在山谷里，久久不愿离去。忽然觉得这山谷之大、野花之多，而我之渺小。我被花包围，仿佛是花中的一员，融入了大自然……

创作于 2016 年 5 月

看海

小时候，家住海边。那时，天天能看见大海，对大海好像没有什么依恋。

长大了，去内地工作，离海远了，却常常思念起大海来——大海的辽阔，大海的碧蓝……站在海边，举目远望，海天一色，飞鸟点点，那帆船满载而归……

多少个日日夜夜，大海让我心驰神往乡愁日增。

我常把蓝天当大海，把白云当风帆……

风起云涌的日子，我就想起小时候站在海边看海浪向岸边奔腾而来的情景。

那滚滚而来的海浪，似乎排着横排，一个接一个，咆哮着，呐喊着，千军万马般冲向海滩，瞬间，高高的浪头就像高高的城墙轰然坍塌，溅起一片雪白的浪花。

戏水的人尖叫着、奔跑着，躲避着海浪……

风和日丽的日子，我就想起小时候在海滩上拾贝壳的情景。

拾贝壳最好的时机是海水退潮。

退潮了，海水退得老远老远，露出大片大片的海滩，那海滩沙质细腻、柔软，虽然有一些裸露的礁石，但总体上平整得像地毯一样。我光着脚丫，拎着小桶，在海滩上采撷那玲珑奇巧的贝壳。

海滩上的贝壳，时多时少，不是天天都能拾到。

拾到的贝壳，大小不一，有白的、黄的，还有不少紫色的，有些贝壳上面还有彩色的斑点和美丽的花纹。

这些贝壳一旦到了母亲的手里，就会变出许多小工艺品来。

有一天，我只拾到几只贝壳，怅然之际，忽然发现一只足有大人拳头那么大的螃蟹，它从一个小洞里爬出来，端着两只前螯在海滩上横着走。

"螃蟹，你是要晒太阳吗？还是要看美景？"

我高兴得手舞足蹈。

那螃蟹好像发现了我，加快了"步伐"，还举起了两只前螯，瞪着两只乌黑突起的小眼睛，摆出要和我决斗的架势，那情景就像螳螂举起两只带锯齿的前臂，要和你打"螳螂拳"一样。

说时迟那时快，我举起小桶扣了下去，螃蟹成了我的战利品。我高高兴兴地跑回家，妈妈向我竖起了大拇指……

那个困难的年代，赶海是大人的事。每当家里揭不开锅，父亲就会去海里捕捞些海产品回来，改善一下家里的伙食。

我是喝着苞米面"糊糊"、吃着海鲜长大的。

记得父亲跟我说："大海是你的根，也是你的家，不能忘了它，要经常看看它。"

母亲也曾说："心里装有大海的人，心胸才不会狭窄。"

对于父母的话，我小时候还不太理解，长大了才知道父母的用意，父母是要我做一个心胸宽广之人。

人的心胸就应该像大海一样宽广，一样包容，一样充满激情……

不能一点儿不满，就摔锅砸碗；一不高兴，就发火动怒；更不能凡事斤斤计较、百般算计……

历史上，凡成大事者，均是豁达之人。

"眼宽，看天下景；心宽，容天下事。"

心情不好的时候，不妨去看看海。面海思过，看看自己的心胸，是窄了，还是宽了？心中有"海"的人，面对"大海"时，深知大海的美丽宽广，他会在生活的海洋中，坦然自若、游刃有余。

心胸狭窄之人，如若顽固不化，就会因为狭窄而缺少"阳光"，而缺少"阳光"的世界，注定是黑暗的世界。

如果真是这样，我劝你还是去看看大海！海之宽阔、海之蓝色，能使你感到舒服、清静，平复你烦躁的情绪、改善你的心情……

真的，可以试试，去看看大海吧！

其实，我们每个人都可以去看看大海，站在大海面前，一定会有意想不到的收获。

也许有一日，大海也会让你魂牵梦绕心驰神往……

创作于 2015 年 4 月

登山

我喜爱登山，喜爱站在山顶上的那种感觉，那种感觉让我喜悦，也让我沉迷。

于是，我努力地创造条件去攀登一座又一座山。

九月，秋高气爽，阳光明媚，我来到千山脚下的中会寺，想从这里攀登千山的主峰——仙人台。

到达仙人台的路有多条。从中会寺去，要比其他路近许多。

这是一条位于山谷谷底、用山石铺筑、路陡阶多的小路。

拾级而上，能看见石阶的缝隙与路旁的岩石上长满青苔。

小路在林中延伸。山林，树叶茂密，登山者看不到山顶，望不见蓝天。只有在树叶偶尔稀疏的地方，才能见到点儿阳光。那阳光就像从密致的筛网里透过来一般。

走在小路上，能听到鸟儿的歌声，歌声是从树梢上传来的。虽然看不见鸟影，但是，我能听得出来，它们是一群不同的鸟儿，画眉也在其中。

山腰处，但见一条小溪飞流而下。溪水撞在岩石上，有如飞珠溅玉。

原来这条小溪时而在岩石上面流，时而在岩石下边流；山腰处水流湍急，山脚处却了无踪影。

接近主峰，路变得陡峭起来，我也越加感到了吃力。

这时的山林，已听不到鸟语水声，变得寂静起来，好像只能听到自己上气不接下气的呼吸声。

主峰，那断崖绝壁上，一棵松树，凌空展开它的枝叶，像黄山松树一样奇美。

站在主峰上，千山奇景，俱收眼底。近看，南西北三面，险峻陡峭，下临深谷，刹那间，你会觉得这山拔地参天，直上青云；远看，烟霭茫茫，群山重重叠叠、连绵不断，你会感叹大自然的神奇与美丽。

我常想：生活，其实就像一座座高山，你需要不断地去攀登。只有意志坚强的人，才能达到"顶峰"。到达"顶峰"的人，才能领略那无限的风光……

著名作家琼瑶曾说："再没有什么感觉比登上一座'高山'的感觉更踏实，也再没什么感觉比登上一座'高山'的感觉更虚幻。"

是的，站在"高山之巅"，世界仿佛都在你的脚下。

"如果你让自己站在了'低处'，让痛苦站在了'高处'，当你仰视痛苦时，你的灵魂会被不幸撕扯得粉碎。"

朋友，让我们不断地去攀登一座座"高山"吧！生活期待我们去品味那一次次登上"山巅"的滋味……

创作于 2018 年 9 月

溪水叮咚

打开手机，一条微信：花开花谢、潮起潮落，不经意间我们已经走向了人生的晚年，从呱呱坠地到两鬓发白，岁月的行囊里装满了苦辣酸甜……

A君传给我的。

A君最近经常感叹生命苦短。

是呀，在人生的路上，走着走着，就走到了晚年，心还没老，可年龄在那摆着呢！面对被岁月的风霜催老的容颜，难免有些酸楚，这真是一种无奈。

我走在一条小溪旁，停下了脚步，蹲下身来，仔细聆听那叮咚的水声。水声泠泠，宛如琴声，闻之悦耳。

举目眺望，小溪行走在山石间，虽然没有长江黄河神奇壮美，但也跌宕起伏、溅玉飞花。

这真是一条快乐的小溪，唱着歌儿奔向远方，远方的路途崎岖、坎坷，远方的大海将使你失去自我，可是你却很坦然。

你跳着、跑着，时而拍拍岸边的石卵、时而摸摸堤上的垂柳，天真、烂漫、顽皮的神态，令我倾慕，让我遐想……

年轻时，我爱看大海，母亲说："常去看大海，心胸就不会狭窄。"

是呀，波澜壮阔的大海有着宽广豪放之美。在大海面前，我真的感觉到了宽广、博大的美丽。大海让我学会了宽容……

中年时，我爱看瀑布。黄果树瀑布、壶口瀑布、庐山瀑布……那气势磅礴、浩浩荡荡飞流直下的瀑布，如玉般洁白、如雷鸣轰响，似烟、似雾、似万马奔腾，有种男人的阳刚之美，令我鼓舞！

老年时，我爱看小溪。也许是人到老年，少了快节奏，喜欢平静的缘故。

这条小溪，近看，溪水清清；远看，清秀自然。那不休止的水声荡漾着乐与美的韵律，仿佛飘逸出生命的华彩与灿烂在于快乐……

我对 A 君说："人没有长生不老的，失去的年华不会回还，要珍惜活着的每一天。既然快乐是一天、愁也是一天，为何不选择快乐？"

快乐的时候，心态阳光，整个世界都美好；忧伤的时候，心态晦暗，看什么都不顺眼。

小溪是快乐的。

小溪的快乐在于声，人的快乐在于心。你的心大了，事就小了；你的心宽了，烦就没了。

心态决定了你的生活态度，生活态度决定了你的生活质量……

心态好的人，一般会用宽容的心欣赏身边的每一个人，就像欣赏一幅山水画。真正的朋友也会在你欣赏的眼光中向你走来。

心态好的人，通常具有满足感。

人性的弱点就是想占有，想占有自己喜爱的一切。其实人的一生不要有太多的奢望，如果整天跟人家比，房子没人家大，车子没人家好，老婆没人家靓……那你怎么能快乐？

知足者身贫而心富，贪得者身富而心贫。

不要感叹生命苦短。孤独、寂寞、痛苦、失败、恩恩怨怨是人生不可缺少的调味品，就看你怎样处置。

心态好的人，总能看到乌云后面的太阳，敢于向困难挑战、向逆境说不，勇于担当，是快乐生活的缔造者。

心态不好的人，心胸狭隘，老是看不到乌云后面的太阳，抱怨连连，老急、老气、老郁闷……

当然，好的心态需要历练。

泰戈尔曾说过："只有经历地狱般的磨难，才有创造天堂的力量；只有流过血的手指，才能弹奏出世间的绝唱。"

人，都是被逼迫出来的。在环境的逼迫下，坚持好的心态，不断地有所追求，快乐就会像溪水一样不断地奔流……

我的思绪就像这溪水一样不断地奔流。

奔流的溪水，叮叮咚咚，常常能唤起我对往事的回忆。可是，往事中的那些苦辣酸甜，已经在溪水的"叮咚"声中，渐渐地消失得无影无踪……

创作于 2019 年 5 月

阳春三月看春景

夜里春风带着春雨，轻轻地敲打了门窗。睡得迷迷瞪瞪的我，似乎感觉到了，可又像是听到了催眠曲，睡得又香又甜。

早晨醒来，和煦的阳光从窗户照进来，鸟儿在屋外叽叽喳喳地叫个不停。我揉了揉惺忪的睡眼，推开房门，听到孩子们正在朗读孟浩然的《春晓》：

春眠不觉晓，处处闻啼鸟。

夜来风雨声，花落知多少。

孩子们的朗读声，让我想起了夜里下雨的事，索性要去看看桃花。

桃花在南面的山坡上，有五六里的路程。

经过一条小河时，一只母鸭带着一群小鸭正向河边赶来。母鸭挺着胸脯，迈着方步，左右摇摆着，嘴里不断地"嘎嘎"地叫着。

小鸭子们，毛茸茸的，黄色的羽毛，橘黄色的小扁嘴，在大母鸭的后面,也挺着小胸脯,迈着方步,一边走一边"呀呀"地哼着,只是它们的步幅要比大母鸭小一些,而节奏要快许多。

几只掉了队的小鸭子,扑扇着翅膀追了上来。

这群鸭子啊,大母鸭"嘎嘎"地叫着,小鸭子们"呀呀"地哼着,它们在说些什么?想表达什么意思?

哈哈!那些都是"鸭语",没人会知道的。也许它们是在唱着春天的歌?或者是在说着春天的话吧?

嗯,还有一种可能就是告诉你,"春江水暖鸭先知"呢……

小河的上空,有几只燕子翻飞。其中一只燕子抖动着轻盈的翅膀,斜着从水面掠过,它的翅膀尖好像碰到了水面,带起一串水珠,然后,"唧"的一声又箭一般蹿入云中。

燕子,可是知冷知热的小动物,它冬天去天涯,春天归故里。

记得我老家的屋檐下,有一个燕子窝。那是十几年前的一个春天,花开了,草绿了,一对燕子在屋檐下飞来飞去。我仔细地端详着它们,发现它们的上体都是黑色的,下体都为白色略带点儿橘黄,两只小眼睛都是圆圆的,小嘴都是尖尖的,尾巴都是长长的剪刀模样。它们好像根本不在意我,一连几天,飞回时嘴里都是叼着草和泥巴。一晃十几天过去了,竟垒起个窝来。窝垒好后，燕子们就赶紧下蛋。下了蛋，燕妈妈就在那里孵小燕子。在那个窝里，每年都有新的小燕子出生。在我的家乡，老人普遍认为，燕子不仅报春，还是吉祥富贵的象征。

岸边的几棵柳树，已将嫩绿的枝条低低地垂到了水面。

小河对岸的田野里，草绿了，野花开了；牛拉木犁的春耕方式早已不见了，取而代之的是拖拉机、播种机、插秧机……人们正忙着春耕。

当我走到南山脚下，发现雨后的桃花更加鲜艳。那山坡地上，到处都是桃花——粉红色的、白色的，一朵朵、一串串、一片片，如海如潮，灿若云霞；每朵花上都有几片（数量不等，一般为六片，或者更多）椭圆形的花瓣，围着若干个亭亭玉立纤细的花蕊，俏丽妩媚，如少女的脸庞，百看不厌。微风吹来，桃花摇曳着，掉落的花瓣漫天飞舞，像雪花一样，让人目不暇接、神迷意醉……

许多蜜蜂在花间忙碌着。一只蜜蜂趴在花蕊上，平张着小翅膀，摆动着小屁股，正低头采蜜呢，撵都撵不走，好像醉在那里了。

赏桃花的人，络绎不绝。他们当中，有大人、小孩，有男的、女的，听说单身青年多一些。青年们有说有笑，在桃树边摆出各种姿势和桃花留影。他们多么希望桃花能给他们带来爱情的机遇！我相信，有了和桃花亲近的"缘分"，他们离"桃花运"一定不远了。

接近中午，家家户户炊烟袅袅。这时，我才想起我早饭还没有吃呢。

返回村子，一家幼儿园的小朋友们正唱着儿歌："春天在哪里……"

"春天在哪里？"我脱口而出。

春天在小朋友们的幼儿园里。

小朋友们的歌声，银铃般清脆、金属般悦耳，像一只只欢乐的小鸟飞向空中，又如一阵阵温柔的春风带着花儿的芳香飘进心房。孩子们的歌声，充满着生命的活力，应该是春天里最灵动、最美妙的音符……

春天在大自然的田野里。

春暖花开绿草茵茵，标志着万物复苏生机勃勃。春天，其实就是生命的重生、是生命沉眠后的升华……

春天在祖国的各行各业里。

人们在自己的岗位上，铆足干劲，播下希望的种子。

其实，无论是你还是我，春天永远属于那些朝气蓬勃、有远大理想而又脚踏实地的人。

忽然，我想起一句话：

"如果四季是本书，春就是浸满淡淡清香的扉页，人们未曾翻读就被它深深吸引。"

是的，阳春三月的春景深深地吸引着我。

当然，包括昨天夜里春风和春雨敲打门窗的声音。

…………

创作于 2017 年 4 月

难忘的夏天

夏天的太阳，不如春天时温柔，发起威来像火一样烤人。大地会被烤得像冒了烟，树木会被烤得打不起精神，行人会被烤得汗流浃背恨不得有个冰箱钻进去。

酷暑难耐，可是我喜欢。

我可以去松林。

在我家西丰镇的北面有一座山，山的北坡有一片松林。松林里的松树笔直高大，烈日下更显苍翠挺拔。密密层层的枝丫遮天蔽日，阳光很少射到地上，射到地上的点点阳光，也没有了烈日的威力，变得很温柔。遍地散落着一些陈年落叶，走在上面像踩着柔软的地毯。在林中漫步，能闻到松枝的芳香，能感到空气的清凉。走累了，就选择一棵松树，倚着它坐下来，喝点儿水、吃点儿东西，或者看看微信、看看书，也可以在两树之间系上个吊床，美美地睡上一觉。这里的"负氧离子"浓度高，呼吸起来，神清气爽，你会感到很舒服。有时，你还能看到淘气的小松鼠在树上蹦蹦跳跳，它的身体小巧敏捷，毛茸茸的粗尾巴，老是弯弯地翘起来。两只可爱的小眼睛滴溜溜地转，闪闪有光。它们好像根本不怕人。有一天，一只小松鼠竟然竖着身子坐在我的面前啃松果……

在松林里，经常能听到风在林中穿梭，发出深沉而酣畅的声音。有人说，那是松林在唱歌……

我可以跳到小河里。

不要说去海边、去水库避暑，我家南边就有一条齐腰深的小河，叫寇河，是避暑的好地方。河水从山中来，清凉得很。每逢盛夏，那里是孩子们的乐园。

记得小时候，我和小伙伴们跑到河边，一个猛子扎到河里，哇！河水好凉！清凉的河水，简直会让你忘掉世界上的一切！我们"搂狗刨""水上漂""抓底浮""打水仗"，在河里一待就是半天。常常遭到母亲拿着烧火棍或者拧着我的耳朵把我撵回家。

现在，闲暇时，我也常去那里。虽然，不能像小时候那样一丝不挂、"浪里白条"，但是，穿上泳衣，在河边搭个遮阳伞，水里半天，岸上半天，也是人间天堂。

微信里，我常和朋友们说："你要捕捉夏日那醉人的清凉吗？那你可以不去承德山庄，也不用去大小兴安岭，就到我的家乡——辽北的西丰县山村来，在这里，你可以领略夏日的多情，看看夏日的清凉是怎样吻过你的脸庞……"

来吧！山村夏日的夜晚也迷人。

山村的夜晚，不像城市里灯光如海、人车如流、喧嚣嘈杂，它贴近大自然，要安静许多。随着太阳的落山，月亮高高地挂在中天，圆润、安详。月光清澈、柔和，像水一样倾泻下来。星星们眨着眼睛，好像在看着你。在这里看到的星星，要比城里看到的多。巨大的银河系横卧在夜空，像一道水花飞溅的河流，常让我想起中国古代"牛郎织女"的传说。在它的左面，能看到猎户星座的七颗星，有时还能看到流星在夜空中画出靓丽的银线……

田野里蛙声一片，墙角里蟋蟀弹琴。乡亲们晚饭后，高兴地搬出小凳子，摇着扇子，聚在村头的大榆树下，谈天说地。这时，从山里吹过来的风，带着清凉，吹在人们身上，驱散了白天的烦扰，纳凉的人们舒服极了……

说起夏天，就会想起夏天的雨，夏天的雨也让人喜爱。

有一天，我去集上买菜，天气热得透不过气来，忽然，大片乌云从天边涌来，跟着电闪雷鸣，我没带雨具，附近又没有避雨的地方，我加快脚步，可没几分钟，雨就瓢泼似的倾泻下来，我被淋得像只落汤鸡。当时，形象差了些，可心里爽啊！

雨后的天气，也凉快了许多。

我爱夏天。当然，包括田野里那葱茏的世界。翠绿的大自然，在热浪中渐显幽深和成熟。茉莉，紫薇，荷花，玫瑰……夏天从来就不甘寂寞，淡雅和浓艳胜过七彩的云霞。

我爱夏天。夏天，是一个让我愉快的季节。

在职场上打拼多年，我似乎更喜欢夏天的性格。

"夏天有性格吗？"你问我。

"有啊！它奔放、洒脱、豪爽，从不拐弯抹角。不是吗？你看看它那笼罩大地的阳光，看看它那倾盆而下的大雨，看看它那铺天盖地的浓绿……你就会懂得。"

啊，我爱夏天。它火热又清凉，难耐又怡人；淡雅里不失浓艳，奔放中不失有度。它就是这样神奇与迷人，令我难忘。

创作于 2016 年 8 月

野花

    十月的北方，满山遍野已没有了往日的绿色，树叶飘落，百花凋谢，秋景让人觉得有些萧条、凄凉。

  我和朋友漫步郊外，却惊喜地发现原野上一片枯黄的草丛中盛开着许多白色的小野花。也许是由于枯草的映衬，加之又有阳光的照射，小野花显得特别耀眼。它们一簇簇、一片片散落在原野上，像天上的一朵朵白云；秋风袭来，它们舞动着，又像草原上游牧人的羊群；如果你把眼界放得再开一些，它们更像辽阔的水面上漂过的一片片白帆。我兴奋地走近小野花，仔细地端详它，看见小野花那黄色的花蕊，白色略带点儿紫色的花瓣，花形有点儿像向阳花刚刚开花时的情景，但它太纤小了：高矮、胖瘦和草丛一般，花朵大小有如纽扣。有人说它像"紫菀花"，也有人说它像"大丁草"；我真的叫不出它的名字，却觉得它很像"野菊花"。你看，秋风中它一扫凄凉，跳跃着，欢笑着，多逍遥自在，我仿佛看到了许多小蜜蜂、小蝴蝶在小野花上飞来飞去……小小的野花虽没有玫瑰花那娇艳的色彩，也没有牡丹花那浓郁的芳香，却照样能把这秋天点缀得如此生机盎然！

我想摘一朵野花带回家中，朋友阻止我："除了照片，什么也别带走！"我理解朋友的意思，爱它们，就应该让它们开在野外，不要去惊动它们。

回到家里，我特意去买了一本《看图识野花》的书，想搞清楚那小野花的名称。可是，书页翻遍了，也找不出和它一模一样的花来。它到底叫什么名字？也许它太个别、太渺小了，连编书的植物学家都把它忽视了。我有点儿扫兴，也有点儿惋惜。

花的世界，万紫千红。是呀，当百花争艳时，能有多少人去关注或者欣赏那小小的野花？又有多少人肯为它花本钱？

它不因你的存在而存在，也不管你见或者不见它，它都在那里自由自在地生长。它用它那清新、美丽、小巧和自然，装点着这个世界。

我喜爱小野花，喜爱它从不和人斤斤计较；它不用你浇水，不用你施肥，也没有什么过多的奢望；它不喜欢喧嚣，也不追求浮华；它朴实，能经得起风雨，不像温室的花草……

小野花让我有了收获。其实，北方的十月也是收获的季节。

我推开窗户抬头看天，天高云淡，有一群大雁排着长长的队伍正飞向南面；远处，大片的稻田泛起了金黄的浪花。

朋友问我："这个秋季你到底收获了什么？"

我该怎样告诉他？

大千世界，芸芸众生，谁能没有梦想？关键是你的梦想是否切合实际，万万不可好高骛远。喜马拉雅山高大，可攀登上去的毕竟是少数。要选择适合自己走的路。其实，即便是做了那原野上的"小野花"，又有什么不好！

创作于 2013 年 10 月

秋的遐想

秋天，是收获的季节。有点儿时间，我就爱坐在田间地头上，抽上一袋烟，欣赏村里的丰收美景。

村西边的稻田，稻子熟了。金黄色的稻浪，一起一伏、涌向远方，与碧蓝的天空相接一体，既壮观，又养眼，真是一幅美景。

东边的果树，沉甸甸的果实缀满枝头——红的是苹果、黄的是鸭梨，阳光下，像挂满枝头的彩灯，既喜庆，又迷人。

南边的瓜地，滚圆滚圆的西瓜瓜熟蒂落，随便摘下一个，观其瓤，皮薄肉厚；咬上一口，甜滋滋的、清爽可口。

紧挨瓜地，是一片菜田。菜田里的蔬菜，品种不一，有的挂在架子上、有的卧在地上……我最爱看那绿油油的青菜叶。若是晴天，那上面闪动的露珠，亮晶晶、颤悠悠、娇滴滴的，像璀璨夺目、光鲜亮丽的宝石。

场院，在村子的北面。那里脱粒机轰鸣。马拉石磙子仍然能派上用场。人们有说有笑，到处是丰收的景象……

再往北是一片山林，多半是些枫树、杨树和灌木丛。

层林尽染时，那山林壮阔多彩、分外妖娆。

醉人的是那枫叶——鲜艳、热烈，宛如一片片燃烧的火焰，又如一片片绚丽的晚霞。我常因此而想起杜牧的诗句："停车坐爱枫林晚，霜叶红于二月花。"穿越历史的时空，我仿佛看到杜牧陶醉时的情景……

是呀，流丹的枫叶拨动心弦，每每看到，我总要多看上几眼，惹得思绪万千……

小时候，妈妈常带我去河边洗衣服。有一次，一片小小的树叶，从河上游漂下来，树叶鲜红，树叶在水底下的影子颤颤巍巍，这一上一下，像轻舟载着晚霞。妈妈说那是枫叶，顺手捞了起来，小心翼翼交给我，让我做书签。于是，我将它从小学带到中学，又从中学带到大学……十几年来，每当我看到它，就想起家乡的枫树、想起妈妈……

有一年，窗外秋雨绵绵。妈妈说："春雨绵绵，秋雨也绵绵，可春雨送暖，秋雨送寒。"

"还是春雨好。"我说。

妈妈不认可,她说:"暖和寒是对立统一,缺一不可。该'冷'的时候就得'冷'……"

妈妈有文化,说的话很有哲理。她是在告诫我:做事情既要怀有热情,又要保持冷静。

窗外,秋雨淅淅沥沥下个不停,清清冷冷的秋雨冲刷着夏天余下的浮躁,大自然,安静了许多……

深秋的一天,我漫步林中,一阵风来,千树万树招展,片片树叶飘落。看着一片片落下的树叶,不舍与无奈萦绕在心头,没有什么力量可以让飘落的树叶重回枝头。

秋风太无情!

可细细想来,如果没有秋风,满树的枯叶如何入土?

入土的落叶,作为个体的生命它将消失,变成一种新的物质,新的物质滋养着新的生命。这就是物质不灭定律,是大自然的规律。

无情的秋风,让我们看到了它善良的一面。当然,你会觉得,树荫渐渐变得稀疏、林木渐渐变得光秃。可是,少了虚浮的遮掩,多了明媚的阳光,该有多好!一切都真实得让人一眼洞穿……

你看:那天空又高又远,像一望无际平静的碧海给人以开阔的胸怀。

我赞美秋天！

秋天，不会像春天，让我们为田野里的一点儿嫩芽而惊喜；也不会像冬天，让我们沉醉在一场初雪的浪漫里。秋天，是一种成熟的美、深沉的美、全方位的美！它在自己的季节将要结束之时，把最美的自己呈现给了世界。

人，如果老了，是否也要像秋天这样呢？

人，也是自然界的一部分。人老了，该怎样面对世界、面对自己？

是哀伤，忧愁，怨声载道，蓬头垢面……不！生活，需要追求；人生，需要坚强。

"人老如金秋。"

变老的时候，一定要变好，不必黯然神伤。就像稻谷飘香，就像枫叶红艳，就像瓜熟蒂落。

变老的时候，一定要平静，不必忐忑不安。就像日月经天，江河入海，树叶飘落，顺其自然。

变老的时候，一定要豁达，不必再斤斤计较。就像秋天的天空又高又远……

"四季"轮换，婴儿啼哭，我们在变老。让我们好好享受晚年，享受这美好的"秋天"。既然挡不住容颜的衰老，那就让心态更加年轻、更加美好，就像没了叶子的树林，添了更多的阳光，让洒满阳光的岁月陪我们安然抵达彼岸。

…………

创作于 2018 年 10 月

种在心灵的花

下雪了。

雪花终于应了冬之约，款款而来。她零零星星，像柳絮，也像飘落的梨花。

这是入冬的第一场雪。

第一场雪，总会带给人们些许新奇和愉悦。

今冬的雪来得晚，入冬快两个月了，才看到雪。村子里的人，三十天不见雪，就急得像热锅上的蚂蚁，担心明年的收成。附近的山坡、田野，多日不见雪，也显得萧条。

雪没有让人们失望，越下越大。

都说"燕山雪花大如席"，我看眼前的雪不比那里的雪花差。大片大片的雪花，密密麻麻，像一团团松软的鹅毛，从昏暗的天空中飘落 —— 没有风，她们不再像柳絮一样飞扬，而是加快脚步，好像在赶集，摩肩接踵，乱乱的步伐，没有一丁点儿声响……

这漫天的雪，知道自己来自大地，眷念这浩瀚的故土，像游子，深情而来。

霎时间，山川、田野、村庄，全都笼罩在白蒙蒙的大雪之中。

"北国风光，千里冰封，万里雪飘。"

皑皑白雪，覆盖着田野的荒芜，装点着斑驳的大地。

我置身在这"白色的王国"里，静静的，看静静地落雪，真美。动中有静，静中有动，轻盈曼妙，如诗如画。她像优雅的音乐，也像温馨的情话，袅袅地响在耳边……

此刻，平日的喧嚣与烦恼，早已烟消云散。

我想起小时候，曾幻想雪是白天鹅身上掉下的羽毛，奶奶却说："雪是天上的仙女撒下的玉叶银花……"

多年后，我知道雪是水的晶体状态，是冬天的使者，是大自然的杰作。

每当我看到飘飘洒洒的雪，耳畔就响起奶奶的话，仿佛听到了天国里传来动听的音乐，看到了月宫里的仙女们摇动着玉树琼花……

奶奶的话，在我心里扎了根。

雪落在地上，也落在我的心里。我越发觉得那纷纷扬扬的雪，潇潇洒洒，晶莹如玉，洁白无瑕……

我常想：人的灵魂是否应该像雪一样纯净？像雪一样洁白？

雪的世界壮丽无比。其实，就每片雪花而言，也是很美的。将雪花置在放大镜下，你会发现：每片雪花都是一幅极其精美的图案。有的像明亮的星星，有的像松树的枝叶，有的像窗户上的冰花……真是千姿百态，美不胜收。

小小雪花，如此美妙，但凡看过之人，都会赞叹不已。

在我的家乡，雪不仅是冬天里最美的风景，也是孩子们的乐园。

下了一天一夜的雪，停了。

孩子们迫不及待地跑出家门，滚雪球，堆滑梯，打雪仗，坐雪橇……

几个中年人到田地里走走，留下了一串串深深的脚印。就听其中一位说："好雪！好雪！瑞雪兆丰年，明年好收成……"

我站在院子里，看蓝蓝的天，万里无云；看漫无边际的旷野，银装素裹。

忽然，我看见一个小女孩，身穿红色的大衣，手执红色的围巾，在田野里奔跑着。她一边跑，一边笑，一边摆动那鲜红的围巾，在蓝天白雪间，她那么灿然，那么美丽，像梅花……

家门口那棵老槐树，也挂满了融融白雪……

我在想：雪花，那么坚强，那么洁净，她美化了冬天，春暖花开时，她又将化成春水，滋润万物……

我情不自禁地捧起一把雪，轻轻地吻她。

我想摘一朵雪花，种植在心灵的深处……

创作于 2018 年 1 月

话说樱花

几年前，我读过冰心的散文《樱花赞》。我对她那"山路的两旁，簇拥着雨后盛开的几百树几千树的樱花！这樱花，一堆堆，一层层，好像云海似的，在朝阳下，绯红万顷，溢彩流光……"的有关樱花的描述，异常欣赏，似乎已经深深地融在我的脑海里了。我觉得她的文字好美！她写的樱花好美！

的确，在冰心笔下，我知道日本的樱花很美。

前几天，我还听说，在日本有一个关于樱花的传说：很久以前，有一个聪明美丽的姑娘，名字叫樱花。有一年年底，她从日本冲绳出发，途经九州、关西、关东，于第二年五六月间到达北海道，沿途，她把一朵朵樱花撒遍日本各地。从此，樱花在日本盛开千载，且年年灿若云霞……

日本人是很喜爱樱花的。他们将樱花的形象深入到自己生活的各个方面。

走在日本的大街上，随处可见带有樱花形象的商品，有时，还能遇见用樱花命名的街道、车站、市镇等。在日本，樱花不仅仅是一种花卉，它更像是一种象征，一种精神，已深深地扎根于日本人的文化之中。

其实，翻看历史，樱花起源于我们国家，最早产于喜马拉雅山脉。两千多年前的秦汉时期，樱花出现在中国的宫苑内。到了唐朝时期，樱花已普遍出现在私家庭院了。那时，万国来朝，日本朝拜者将樱花带回了自己的国家。

从古至今，我们国家，地大物博，盛产着许多鲜花。比如：梅花、牡丹花、菊花、兰花、月季花，等等，这其中当然包括樱花。目前国内有不少樱花的胜地。像武汉大学、杭州太子湾、南京鸡鸣寺、无锡太湖、广州百万葵园、青岛中山公园，等等，都是国内著名的樱花景点。

在这些景点中，虽然都是樱花唱主角，但是由于樱花和樱花个体上的差异，以及它们所处的客观环境不同，使得每个景点又都有自己独特的风格。

在武汉大学的樱花大道上，有不少民国时期的老房子，那里的樱花，有着古色古香、古风古韵的味道。

杭州太子湾的樱花，每年的 3 月下旬开花，它开花时，恰逢那儿的郁金香也开花，花香十分迷人。那里还有一种叫"奖章樱"的樱花，一年开两次花，即：3－4月份开完了，10—12月份还会再开花。

鸡鸣寺的樱花则极具南京味——南京的城墙、玄武湖、城门、桥梁等都和樱花结合起来，构建了"水陆空"立体的樱花景观，让观景的人们大饱眼福。

在无锡太湖烟波浩渺的山水间，有一个地方叫鼋头渚，那里面有小桥流水，还有65万平方米的樱花林。每当樱花盛开时，那儿的樱花如堆云叠雪一般，时常还有些年轻的美女穿着汉服和樱花拍照，尽显其东方之美。

在广州的百万葵园里，有许多不同种类的花竞相开放。其中，有一种樱花以广州的名字命名，即："广州樱"。它是根据广州的气候培育出来的品种。它花期长，先花后叶，花量巨大，开花时，每根枝条上都长满樱花。有位朋友还告诉我："那里还有一种会变脸的樱花，花儿初开的时候是粉色，繁盛的时候又变成白色了。"真是太神奇了。

处于青岛中山公园里的樱花树，可都是些老树了，许多树的寿命已过百年。它们分布在中山公园南北主干道的两侧，形成长约七百米的樱花路，樱花路的樱花大多为粉红色，浓淡相宜，还略带几分娇气，意境十分优美。

我的祖籍是辽宁。在辽宁，虽然没有全国著名的樱花景点，但是，听说沈阳、大连、抚顺等地的樱花，也都具备一定的规模，很是漂亮。

在鞍山市我家邻居的园子里，也植有两棵樱花树，是前年栽下的两棵垂樱，今年刚好开花。这两棵樱花树，说是邻居家的，其实就像是我自己家的一样——当我推开窗户，淡淡的樱花香味就会随着风飘进屋来；当我探出脑袋，视线越过篱笆，就能看到挂满枝头的樱花，那樱花嫩红的花枝向下低垂着，轻风袭来，花枝随风飘舞……那情景漂亮着呢，既有樱花的烂漫，又有柳树的柔美。

常听人说，樱花是爱情与希望的象征。我猜想，也许是因为樱花的质朴与高雅，宛如懵懂的少女；也许是因为那白色与粉色的樱花，犹如对情人诉说的最美的言语……

当然，我还知道，樱花是很好的美容产品——它有很好的收缩毛孔、平衡油脂的功效，含有丰富的天然维生素，能美容养颜……

总之，樱花真是太棒了。我经常会陶醉于一片一片的樱花之中，有时，望着那一片一片的樱花，我竟然会找不到合适的词语来描述它，只觉得樱花很美，如云似霞，溢彩流光，仿佛带我入了仙境一般……心想："怪不得那么多人都喜欢樱花！"

创作于 2021 年 6 月

牵牛花

在花的世界里，人们总会赞美那些令人赏心悦目的鲜花，我当然也会赞誉。但是，我的赞誉中一定离不开牵牛花。牵牛花是我最早认识的花，也是给我印象最深的花。假如你让我说一说对它的感觉，或者说让我给它在花中定个位？我会不假思索地告诉你："牵牛花在我心里，始终都是排第一位的。"这可能是我从小生长在农村，与牵牛花接触比较多的缘故。

而我有一个朋友，他从小生长在城市。有一天，不知为什么，他突然对我说起花来，他说花的时候，显得很兴奋，比比画画，一股脑儿竟然说出一大堆花来——什么花中之魁的梅花、花中之王的牡丹花、凌霜绽妍的菊花、君子之花的兰花、花中皇后的月季花、繁花似锦的杜鹃花、花中娇客的茶花、水中芙蓉的荷花、十里飘香的桂花、凌波仙子的水仙花，等等。他说了好多种花，却一个字也没有提到牵牛花。这也难怪，他从小到大都待在大城市里，根本没有接触过牵牛花。

其实，牵牛花也有一个被赞誉的别名：喇叭花。当然，朋友说的那些花，都是中国家喻户晓的名花。

小时候，我长在农村，那时，也不知道世界上还有那么多的名花。像月季花、菊花等，虽然小时候也看过，但是也仅仅是看过，好像对它们没有什么感觉，或者说，它们没有给我带来过什么乐趣。

那时候，每年的夏秋两季，我家园子的篱笆上，都会开出好多的牵牛花。那些牵牛花，颜色不一样，有淡紫色的、粉红色的、天蓝色的……但是，不管它们的颜色如何，它们的姿态都是一样的——小巧的喇叭形，精致得很，风姿妩媚。每天清晨，当我看到它们，身体里就会涌动一种冲动，这种冲动能勾起我的神经兴奋。于是，我会跑过去揪下两朵，其中一朵放在嘴边当喇叭吹，另一朵放在手上随胳膊摆动……

还有时候，我们几个小伙伴聚到一起，也会弄上几朵牵牛花放到嘴边当喇叭吹。那时候，我们常常排列成两列纵队，模仿村里办喜事的样子，小伙伴们一边走，一边嘴里哼唱着："呜哩哇喤喤，媳妇媳妇拜堂了……"这首歌也不知道是什么时候从哪里学来的，反正是小伙伴中有唱的，大家就随着唱，一来二去就都会唱了。当时，我们也搞不清楚这首歌的内容是啥意思。只是小伙伴们每次做吹喇叭的游戏，就会唱这首歌。每次唱，大家都铆足劲儿扯着嗓子唱，那哪儿是唱？简直就是号，但是童声可爱，不管怎么号，大人们听起来就是觉得好听。有时我们的歌声会惹得大人们哈哈大笑，也有时会惹得大人们捧腹大笑，笑得前仰后合。大人们是在笑我们的神态，笑我们的歌词，而我们却一无所知一脸蒙。有一次，村里的胖婶听到了，她一边笑，一边对我们说："哟，小屁孩倒念起媳妇了！你们的媳妇都在哪儿呀？快叫来，让胖婶瞧瞧。"

小伙伴们你看看我，我看看你，仿佛在说："是呀，我们的媳妇在哪儿呢？"那时候，我们还不懂得男女之间的事，也不明白媳妇的含义，只知道喇叭花会带给我们快乐。

记得，到了夏天，身上被蚊叮虫咬，起了很多包，痒得厉害，大人们就会撸一把牵牛花的叶子来，将其揉碎，然后涂抹在蚊叮虫咬的地方，几分钟过后，你会发现，原来被蚊叮虫咬的地方不痒了。

牵牛花真是太神奇了。

后来，我知道，牵牛花之所以如此神奇，是因它本身具有药用价值。据说，牵牛花具有利尿消肿、止痛止痒、止泻祛斑等功效。

当我知道牵牛花具有这么多功效之后，我再也没有揪它当喇叭吹。

我们家篱笆上的牵牛花越来越多了。

曾有人问我："牵牛花为什么叫牵牛花？"

我支支吾吾说不清楚。

有人说，牵牛花在每天的凌晨四点开放，上午十点左右凋谢，开花时，天空中还有晨星，刚好对应天上的牵牛星，所以称为"牵牛花"。

也有人说，牵牛花的名称来源于一个故事：很久以前，有一个地方出现了一座像牛伏着一样的山，大家就给它取了个名字叫"伏牛山"。伏牛山下有个小村子，村子里的人很穷，没有钱买耕牛，耕地靠人工。有一天，有一对姐妹正在伏牛山山脚处刨地，忽然刨到了一个银喇叭。这时，走来个白须白发的老翁，笑着对姐妹俩说："这座山是玉皇大帝从天上降下来的，里面压着一百头青牛精，这些青牛精都修炼得很好，幻成人形，在人间作恶，是玉皇大帝收服了它们，并把它们压在伏牛山下，到今天，它们已被压了九百年，到明天，它们就会变成金牛，再也不会危害人间了。你们手里的银喇叭就是伏牛山的钥匙。今天夜里你们会听到山里发出哗啦啦的响声，接着山体就会有一处发出金光，那发出金光的地方就是山眼，到时候只要把银喇叭插进去，口念'伏牛山，哗啦啦，开山要我这银喇叭'，三遍，那山眼就会变大，你们便可进去抱出一头金牛，一辈子吃喝不愁了。但是切记，这钥匙是九百年一现，只灵验一会儿，天一亮就不灵了，千万不要被山门关住了，否则必死无疑。进去后，记住银喇叭千万不能吹，否则一百头金牛就会全变成大黄牛冲出山口。"说完，老翁不见了。姐妹二人知道遇上神仙了，心里很是高兴。但是她们商量好，到时吹响银喇叭，把那些金牛全变成大黄牛分给乡亲们，让他们有牛耕田，过上好日子。于是，姐妹二人分头去通知乡亲们，交代他们夜里去伏牛山下牵牛。夜里，姐妹俩从山前转到山后，忽然听见山里面哗啦啦响，山北坡发出一道耀眼的金光。姐妹俩急忙朝发光的地方跑去，只见山眼只有手指粗，妹妹忙把银喇叭插进山眼，姐姐忙念："伏牛山，哗啦啦，开山要我这银喇叭。"念了三遍，那山眼果真慢慢变大了，姐妹俩进去就吹起了银喇叭，里面的金牛顿时都变成了大黄牛，它们顺着山眼往外冲，只是当最后一头牛刚刚冲出山眼时，东方已经微微泛红，山眼便合拢了，姐妹俩被永远地关在了山里。太阳出来了，山眼里的那只银喇叭，变成了喇叭花。为了纪念姐妹俩,人们将喇叭花称为"牵牛花"。

这是一个动人的故事!我愿意相信这个故事,故事里面的主人公善良、乐于助人,这种精神也符合我们这个时代的要求……

有一天,我做了一个梦,梦里看到我家园子的篱笆上,又开了许多朵各种颜色的牵牛花……

咳,参加工作后,进了城市,很少再看到牵牛花了。可是,牵牛花早已在我的灵魂里扎了根,我会经常想起它,想起它,我就会想起它那纤细的藤蔓、碧绿的叶子、精致的小喇叭,想起我小时候和小伙伴们一起吹喇叭花……

创作于 2022 年 5 月

L 园

听说，在鞍山城区东山脚下，有一个美丽的小院。它东西长南北短，形状为规矩的长方形。它的面积不大，只有六百平方米，但是里面却拥有许多种植物，简直是个典型的袖珍森林公园。人们称之为 L 园。

一天，我慕名来到 L 园。但见 L 园的南面是一堵断崖，断崖像高高的城墙、高达十五米，崖壁上长满绿色的爬山虎。崖顶上开满黄白两色的金银花。那金银花一蒂两花，花蕊探出冠外，成双成对，姿态优雅，甚是好看。

L 园的东西两面是篱笆墙，北面是居民楼。

它的东南角上有个鱼池，鱼池里养着锦鲤鱼。听主人说，锦鲤鱼好养，看着舒服。

的确，色彩鲜艳的锦鲤鱼，看着养眼，美化环境。在民间，也有饲养锦鲤鱼寓意着老百姓的生活年年都绰绰有余的说法。

L 园的西南角上有个凉亭，那是个传统的木凉亭，典雅清逸，散发着古色古香的味道。有几个中年人正在凉亭里品茶谈天。这时，我从旁边过，就听一人清清嗓，然后大声说："一碗喉吻润，二碗破孤闷，三碗搜枯肠，唯有文字五千卷。四碗发轻汗，平生不平事，尽向毛孔散。五碗肌骨清，六碗通仙灵。七碗吃不得也，唯觉两腋习习清风生。"原来他是在读唐代诗人卢仝的《七碗茶歌》。

L 园的东北角上有个双人摇椅秋千。一个老人正坐在摇椅上静闻花香，似睡非睡。

这 L 园里不缺鲜花和草坪。在 L 园的中间，有两簇大的七姊妹花丛，在东西北三面的边缘地带，有月季、紫藤、玉兰、银杏、红枫、白杜、山楂、丁香、梧桐、樱花、桑树、金叶榆、红豆杉等名贵树种点缀其中。

这不同的树种，有不同的特征，带给人们的美感也不同。

四季常青的红豆杉，枝叶似乎伸到云端，尽显其高傲与壮观。香气迷人的丁香，面向阳光，生气勃勃，诠释着什么叫谦虚典雅。干高冠大的梧桐，"期盼着金凤凰的到来"，让你感觉到守候和等待的痴情……

L 园真不愧为精美的植物园，一派百花齐放的繁荣景象。

在 L 园的四周还铺有石板路,有几个人正在散步,谈笑风生。

你还别说,在屋子里面待久了,到 L 园里来遛遛,看看花看看草,既能提神醒脑减少焦虑,又能消除疲劳改善睡眠。这真是大自然赋予人的灵丹妙药。

听人说,L 园二十多年前是个荒山坡,寸草不生。是 L 园附近的居民,自愿组织起来,自筹资金,开山填土,靠自己的力量建起了 L 园。

我为 L 园的主人们所为而感动,感动的是他们传承了一种精神,一种热爱生活乐于奉献的精神。我想起了"延安时期"自力更生的精神,耳畔上仿佛回荡着当年南泥湾大生产时的歌声……

美好的家园靠自己建设,幸福的生活靠劳动创造。L 园的主人们,用自己的双手,创建了自己美好的家园。我要为 L 园的主人们点赞!

如今,这里已成为周边人们休息纳凉、观花赏景、散步健身的好地方。

我在这里小憩了一会儿。

离开时,有人问我:

"这个园子为什么称为 L 园呢?"

我想了想，感觉 L 是"爱"字的英文缩写。

于是，我对那人说："大概是因为爱吧。"

那人听了我的回答，略有所思，然后点点头。

的确，爱是世界上最伟大的力量，它是不朽的，它的实质在于奉献。生活中有了爱，生活里就会多几分情调。L 园就是 L 园的主人们热爱生活乐于奉献的结晶……

创作于 2022 年 7 月

蒲儿根

说起蒲公英，恐怕没有人会不知道。但如果说起蒲儿根，或许会有许多人不知道。

蒲儿根，又名矮千里光、猫耳朵，有的地方也称之为肥猪苗，是长江流域较为常见的一种野生花卉。

有一次，我去湖北的一个朋友家，看到他家园子的墙角处一石缝里冒出几枝花来。那些花我不认识，但看它们茎干挺拔，叶片浓绿，浓绿的叶片有点儿像猫耳朵。每枝茎干的顶端都盛开着许多金黄色的小花，那些小花干净明丽，带点野菊花的模样。我走近它们，仔细地端详，忽然觉得我好像在看亭亭玉立的美女表演杂技——耍盘子。真是可爱极了。

朋友告诉我，那花叫蒲儿根，在南方，就像我们北方的蒲公英一样，十分常见。

那天晚上，我没有走，住在朋友家。朋友怕我晚上被蚊子咬了，让我住在蚊帐里。谁知，第二天早上，我的腿上还是被蚊子咬了两个包。朋友见状，立刻掐了一枝蒲儿根来，将蒲儿根碾碎敷到我腿上的患处，不多时，两个大包就不痒了。

真神奇！

原来，蒲儿根属于中草药，具有清热解毒的功能，可用于治疗痈疖肿毒等病症。

朋友跟我说，用蒲儿根来治疗蚊叮虫咬，在他们家是有一段历史的。

1942年，新四军有一个伤病员住在他奶奶家养伤。伤病员刚到他奶奶家时，身上除了伤口外，还布满了被蚊子咬的包。

夜幕降临，伤病员又痛又痒，无法休息。他奶奶就去野外挖些蒲儿根来，用于给伤病员治疗蚊叮虫咬……

我听着朋友的话，眼前出现了革命战争年代人民群众拥军、支前的情景……

从抗日战争到解放战争，广大人民群众不仅是中国革命的参与者，更是中国革命的贡献者。

他们坚强无畏，是响当当的无名英雄。这当中，当然包括朋友的奶奶，真让我钦佩。

我从朋友奶奶的事迹中，看到了人民军队和人民群众的鱼水深情，也感悟到了"江山就是人民，人民就是江山"的深刻寓意。也许就是因为这个缘故，我更喜欢蒲儿根了。

望着朋友家墙角处的那几枝蒲儿根，我心生感慨：蒲儿根很普通，却很有用。

临别时，我问朋友："可否给我弄点蒲儿根的苗子？我要将它带回东北。"

创作于 2022 年 8 月

话说公鸡啼鸣

说起公鸡，没有人会不知道的。它有着鲜艳的羽毛，大大的鸡冠，可谓鸡群里的"美男子"。

可是，公鸡为什么要啼鸣呢？

也许你会说："因为天要亮了呀。"不错，公鸡啼鸣确实和天亮有关，但是你的回答并不完全。

唐代诗人李贺在他的《致酒行》里写"雄鸡一声天下白"。是的，公鸡啼鸣，东方破晓，长夜宣告结束。这一点，许多人都是知道的。

特别是过去的年代，农民没有钟表，农民出工，一般都需要听公鸡啼鸣。公鸡一啼鸣，天就要亮了。天要亮了，农民们就得准备下地干活了。

记得，小时候看过一部电影，名字叫《半夜鸡叫》，影片中的地主周扒皮，就是利用公鸡会啼鸣这个属性，来榨取农民血汗。周扒皮为了让长工们早点下地给他干活，他半夜偷偷地模仿公鸡啼鸣，公鸡一啼鸣就预示着新的一天开始了，长工们就得下地干活了。

但是，公鸡啼鸣的本质并不是给人类报时的。

有人做过一个实验，把和母鸡一起饲养的公鸡单独提出来，放在一个没有母鸡的地方饲养，许多天过去后，发现这个公鸡一直没有啼鸣。

我没有验证过这个说法是否属实。但是，公鸡和老虎、狮子之类的动物一样是有自己的领地意识的，这个是属实的。据说，公鸡啼鸣就是在"宣示主权"，是在展示自己的强壮，或者说是在对一些动物和周边的世界说："天要亮了，这儿的地盘是我的，这地盘上的母鸡都是我的。"

前几天，我在网上看到广西的一位网友，在网上发个视频：邻居家的一只公鸡，在它自己的领地上，正鼓起胸膛，高昂地啼鸣着，他用手机将这只公鸡的啼鸣录制下来，然后又拿着手机在公鸡和母鸡旁边进行播放，公鸡听到后，开始追着他啄。公鸡一定以为他要和自己抢地盘抢老婆，所以要把他撵走。

记得2014年时，我在土耳其还听到过一个非常有趣的事情。当时，土耳其的一位朋友当时对我说："在土耳其有一种公鸡一生只能啼鸣两次。每次啼鸣，中间没有停顿，它会一直啼下去，一直啼到缺氧而昏厥过去。如果第一次啼鸣公鸡昏厥过去，可能还能缓过来，可是第二次啼鸣昏厥过去，那只公鸡就缓不过来了，就会死掉。所以，当地人为了不让公鸡死掉，头天夜里就把公鸡的嘴绑上，等到第二天天大亮时，或者等到第二天白天公鸡吃食时，再把公鸡的嘴放开。"

你说奇怪不奇怪？真是世界之大，无奇不有。

曾有人说，土耳其的公鸡有生理缺陷，啼鸣时不会换气。也有人说，土耳其的公鸡有血性，"宣示主权"时不惜牺牲自己的生命。

我不是研究动物的，但我觉得这两种说法都有点儿道理。我倒倾向于把这两种说法合并起来，让它们成为一个整体，互为补充，这样似乎更合理一些。

其实，很多动物都有在生活领域内占领一块土地或一段空间作为自己繁殖的场所、不准其他动物入侵并将入侵者驱赶出去的行为，这种行为所占的场所，就是领地。领地通常是由雄性动物建立起来的。

所以，领地意识是公鸡啼鸣的根本原因。

这种领地意识广泛地存在于动物之中。实际上，人类也有领地意识。国家就是人类领地意识的产物。世界上自从有了人类以来，战争就没有停止过，只不过战争的形态会随着人类的发展而发展。当然，战争也是人类社会独特的产物。在战争中，每个国家都会有人为保卫自己国家的利益，不惜牺牲自己的生命。战争是残酷的。

有时我想，为了保卫自己的领地，相比于人类，公鸡的行为往往是比较文雅的——它"先礼后兵"，而且，它不会搞侵略，它维护领地的啼鸣声，是那么嘹亮、那么动听……

创作于 2022 年 9 月

美丽的清水湾

清水湾，风景宜人，位于海南省陵水县的东部海域。

在海岸线的边缘地带，有一个叫雅居乐的售楼中心，这个售楼中心，每天人流不断。但凡到清水湾观景的人，都会先到这里，这里似乎成了清水湾的门户，是清水湾的风景之一。

游人们，不管男女老少，只要你走进这个售楼中心，主人们便会热情地招待你，视你为看房的客户。

这样你既能看景，又能在这里歇歇脚，应该是件愉快的事。

有一天，我走进了雅居乐的售楼中心。主人们微笑着端来茶水和甜品，热情地供我享用。起初我有些不好意思，因为我是来看景的。

朋友小声对我说："看景和看房是很难分辨的，看景的人从某种角度上说，也是看房的。"

听朋友这么一说，我好像自在了一些。坐了片刻，便从南门走了出去。

南门外，是一个方圆几百米的喷水池，池底镶有天蓝色的瓷砖，池水清澈，几片鲜红的花瓣不知什么时候飘落在池水中。池中有十个喷水头，这些喷水头像士兵一样，排成两列，每列五个。其实，它们是由十个相同的石雕鱼组成，每个石雕鱼都弯弯地侧卧在石墩上，鱼头向上，鱼尾也向上，丰满的鱼体，能让人嗅出些富贵吉祥的味道。

这种味道，让我想起清代朱凤翔的诗句：竟说田家风味美，稻花落后鲤鱼肥……

喷水池的两边，是椰林、草坪和鲜花。它们向东西两个方向无限延伸。草坪上有黄金叶、三角梅，还有一些不知名的花，被修剪成各式各样的"围墙"和花篮，甚是好看。

越过喷水池，就是美丽的清水湾了。

清水湾的美丽，对于我这个常住东北的人来说，绝对是震撼性的。

它的海岸线漫长，据说有十二公里。

白而细的沙滩，在我的视线里，东抵自由灯塔，西到龙头岭，酷似月牙。那被海水刚刚冲刷过的地方平坦如砥，干干净净。

在东北你根本看不到这样的沙滩。

许多游人都赤着脚在上面走，我也将鞋子扔到了一边，光着脚板在上面行走。

沙滩被阳光烤得热乎乎的，走在上面感觉很舒服。

有人在拾贝壳，有人在戏水，还有人竟赤着身体躺在沙滩上享受阳光……

浩瀚无边的大海，向岸边涌来一道道海浪，每一道海浪都翻滚着雪白的浪花。那撞在礁石上的浪花四处飞散，发出雷鸣般的轰响，真是气势磅礴！

这种情景，令人想起"惊涛拍岸，卷起千堆雪"的词句。

有人在玩冲浪，那浪峰上的动作灵巧而优美。

海面上不时有快艇飞驰。

当地人告诉我，清水湾的海水质量已达到国家一类海洋水质标准，能见度高达二十五米。

这个指标真是太棒了！这说明，这里拥有世界上最清澈的海水。

有人指着浪花说："浪花越白，海水越清。"

是的，我同意这个说法。海水清才能浪花白。

看着这清澈的海水，我真想一个猛子扎进去……

沿着海岸线，我一直向西走。大约用了一刻钟，我登上了龙头岭。

龙头岭东西南三面环海，南北走向、南高北低。相传1392年前（隋大业六年，即公元610年），陵水一带经常遭受台风的袭击，当地黎民苦不堪言，观世音菩萨挥动杨柳枝，将五龙王和南海神龟幻化成巨龙山，常居南海，保佑众生，从此便有了"龙头岭"之说。

这个龙头岭不算高，但是，站在它的顶峰观海台，眼界却无限开阔。

向南望，天苍苍海茫茫，金灿灿的阳光漫空倾泻下来，注进万顷碧波。

回望来路，惊奇发现，这山体和那绵延的海滩连在一起，真像一条巨龙……

我一边往回走，一边想："今天我们的国家不就是一条巨龙吗？是我们的国家保卫着今天南海的和平与安宁！"

次日，我离开了清水湾，登上北去的飞机，可是我的思绪还停留在这个名不见经传、风景却很美丽的清水湾……

创作于 2021 年 2 月

我印象中的维克小镇黑沙滩

2017 年 7 月 25 日早餐后，我们乘车前往冰岛最南端的维克小镇，去看那里的黑沙滩。

两个小时后，汽车到达了维克小镇的北端。

黑沙滩在维克小镇的南端，我们下了车，需步行穿过维克小镇。

维克小镇是一个美丽与安宁的小镇。据说镇上只有几百人居住。街道两边有鲜花，路面比较整洁。各式各样的房屋，颜色不一，有白墙红瓦、红墙黑瓦、白墙绿瓦等等，它们有序地排列在东西两山之间的一块平地上，就像山坳里飘来了几朵彩云，如诗如画。

走出维克小镇，一眼就看到了碧波万顷的北大西洋。那黑色的岸边，就是维克小镇的黑沙滩。

黑沙滩沿着海岸线向东西两个方向延伸——东抵一高山的断崖处，那断崖冲着北大西洋，崖壁上全是挨挨挤挤规整的条石，条石犹如风琴的弦，是典型的柱状玄武岩，当地人称之为"风琴峭壁"；黑沙滩西接"象鼻山"的山脚处。

远望，黑沙滩就像张开了两只手臂，紧紧地拥抱着北大西洋。

当我站在黑沙滩上时，黑沙滩竟然让我惊奇万分。

我原以为，黑沙滩同黄沙滩以及白沙滩的区别，仅仅是颜色上的不同而已。可是实际上却大大超出我原来的想象。

这黑沙滩，多半是由黑亮、干净、大小不等的鹅卵石构成，它们当中，大的有鹅蛋那么大，小的有黄豆那么小。那上面看不见尘土，也看不见其他杂质，都是清一色的鹅卵石，只是在其底部能看到些细小的沙粒。

走在上面，虽然感觉和其他沙滩没有什么太大的区别，但是那沙石不会轻易地灌进你的鞋子里，就是光起脚来走，也不会因为是鹅卵石而感到硌脚，倒有点儿做足疗的味道，挺舒服的。

漫步在黑沙滩上，雪白的浪花不断地拍打着岸边黑色的鹅卵石。这一黑一白，黑白分明，看着就得劲。

据说，这些黑亮圆滑的鹅卵石，曾经都是棱角分明的火山岩石，而且表面上很粗糙，但是，经过千百年海水的打磨、千百年风雨的洗礼，它们都变成了如今的圆滑的鹅卵石。

我好像在听黑沙滩向我述说"水滴石穿""千锤百炼"的故事。我拿出个小兜兜，拾几块鹅卵石想带回家，带给我的朋友和孩子们，我要给他们讲黑沙滩的故事……

这时，时间接近中午，我们要离开黑沙滩了。

我发现远方的山巅覆盖着皑皑白雪，而近处的原野上却长满了绿草和紫色的鲁冰花。

这真是一个神奇而美丽的地方。

我想起一句话："世界是一本大书，若不到处走走，你看到的总会是同一项内容。"

创作于 2017 年 9 月

逛二一九公园

一到鞍山，朋友就跟我说："一定要去二一九公园看看。"
我即刻答应下来。

接着朋友说："二一九公园是东北地区比较大的综合性公园，有山有水，环境不错，也是东北最大的城市公园。"说着，他还递给我一份鞍山市旅游地图。

原来这个二一九公园，位于鞍山市市区中心的东部，东依山青林茂的东山风景区，南西北三面连接繁华的市区。它的前身，是侵华时期日本人为自己建设的朝日山公园。1950年，鞍山市政府为纪念1948年2月19日鞍山解放日，将此公园更名为二一九公园。

这一天，阳光明媚，我来到二一九公园的正门。

正门前是一个广场。广场的中央，矗立着一尊高大的钥匙形雕塑，雕塑上面标有鞍山市的地图，雕塑的底座是一个大型的花坛。花坛上，由不同颜色不同品种的鲜花组成了不同色彩的图案，那些图案层次分明鲜艳夺目。

在花坛的两边，四季海棠分外妖娆，簇拥着若干棵铁树，看上去一派南国的景象。

有人称钥匙形雕塑为"未来之匙"——一把开启鞍山市未来的金钥匙。

此刻，广场上聚集了不少游玩之人。听说，这个广场建成于2002年，当时，正值我们国家改革开放进入新时期。

毋庸置疑，这个"未来之匙"寓意着当年鞍山市人民改革开放的姿态与决心……

在钥匙形雕塑的后面，有一个大大的半圆状理石框架，这个理石框架呈坡状（非直立）、倾斜地立在地面，它就是二一九公园的正门。这个正门，设计新颖、气势恢宏，很有现代味道，有人称它为"飞轮逐日"。

"好一个飞轮逐日！"它象征着滚滚前进的历史车轮、象征着冉冉升起的太阳……我觉得撇开它的象征，它也像一条坡路上转弯的轨道、像一座凌空而起的弯弯的高架桥……夜晚来临，霓虹灯闪亮，它还像是一道美丽的彩虹。

一个好的建筑作品，总能唤起人们的遐想，我佩服建造师的独具匠心。

走进正门，是一条笔直的园路。园路的左边是商业门店，右边是茂密的树林。树林里，有许多休闲的人——男的女的，老的少的；唱歌跳舞的，下棋打牌的，谈情说爱的，纳凉避暑的，等等。

树林里的树木有许多种，有松树、柏树、杏树、槐树、杨树，还有一些树我叫不上来名字。那杨树多半是沿着林中的路一字排开，路有多长，杨树就排多远，它那笔直的干，又粗又高，巨大的树冠遮天蔽日。

矮矮的白色木栅栏，将树林里的草坪圈得规规整整。有鸟儿在草坪上觅食，有松鼠在草坪上蹦跳。

树林里，还有休闲广场，爱心广场，健身场地，篮球场地，乒乓球台等。

沿园路继续前行，便到达彩绸广场。

彩绸广场，有鲜艳的红色彩绸雕塑和代表"有朋自远方来"的不同人物的雕像。那些雕像仿旧又很精致，每一个都栩栩如生……

占地面积 13.8 公顷的动物园，在彩绸广场的左侧不远处。动物园内游客盈门，观赏区里，有东北虎、丹顶鹤、长尾叶猴、白鹤、大熊猫、亚洲黑熊、羊驼、非洲雄狮等 50 多个品种的动物。我喜欢看长尾叶猴，它无论是在地面上奔跑，还是在树枝上跳跃，都爱把长长的尾巴弯曲着高高地翘起来，它的跳跃本领很高，常常一纵身就达 8 米以上，还能从十几米高的树枝上轻松地跳到地面……

儿童乐园在彩绸广场的前方。那里年轻的父母带着孩子玩的居多。我和朋友，沿彩绸广场右前方的园路前行，便来到了劳动湖边。

劳动湖边上，有一座连接东西两岸的石拱桥，桥为单孔，跨度大，有点儿像赵州桥，桥名怡莲桥。

怡莲桥的左侧是荷花池。八九月份正是荷花的旺季，满池子的绿叶，星罗棋布的荷花，空气中飘着淡淡的花香。

怡莲桥的右侧是劳动湖。劳动湖向南延伸，湖面的长要比宽多出许多，有点儿瘦西湖的模样。

湖的四周，杨柳依依。湖面平静、天光云影，时而有鱼儿跃出水面。游船经过的地方，湖水泛起一层层涟漪。

站在怡莲桥上，向东远望，能看到被浓浓的绿色覆盖的逶迤起伏的东山风景区。向南远望，能看到劳动湖西岸延伸到湖心的一道长堤，以及连接长堤的"眼镜桥"（又名双孔桥）。若将视线放得再远些，还能隐约地看见一座石拱桥连接着古色古香的环翠阁……

当我漫步在眼镜桥，走向那道长堤时，看到堤两边的湖水，会有一种漫步苏堤时的感觉。当然，这种感觉很快就消失了。因为，北方的空气干燥，湖面上很少有那种烟波浩渺、烟雨蒙蒙的景象。

所以，在北方看水，或者说看风景，视线通透，一目了然……

当我走近环翠阁时，才发现环翠阁是建在湖中心的一个岛屿上，它四角重檐临水而建，紧挨着它的还有个478米长的揽月廊。我们在环翠阁里坐下，小憩一会儿。

朋友说："在劳动湖的南面还有个游泳湖，游泳湖的西面还有个西湖。"

顺着朋友说的方向，我看到了游泳湖东边茂密的树林，看到了游泳湖岸堤上木制的栈道，看到了游泳湖湖心处苍翠的小岛，还看到了游泳湖西边有个5米高的跳台……

朋友还告诉我，说："二一九公园湖上，有大小岛屿5处，风格各异的桥、廊、亭、阁21处……"

我环顾四周，夕阳的余晖给劳动湖的湖面涂上了一层柔和的橘红色，环翠阁在湖中的倒影颤颤巍巍……

这时，我忽然想起个问题：这个湖为什么叫劳动湖呢？

朋友说:"1950年春,二一九公园将曾经的'朝日山公园'中的'睦池'旧堤加高,并发动全市机关干部、驻军部队、学生,在园区内义务劳动……因此,定名为劳动湖。"

原来,劳动创造了美丽——人们通过劳动,奉献自己,创造美好的生活与未来!

时候不早了,我有些不舍地向二一九公园外走去,心想:"再见了,美丽的二一九公园,我还会再来的!"

创作于2018年5月

游龙泉寺

刻有"古刹龙潭"四个大字的牌坊，是一个高大的木质牌坊，矗立在山谷底部的谷口处。一走近，就到了龙泉寺的地界。

龙泉寺，就在这里面，居于群山怀抱之中。准确地说，龙泉寺位于辽宁省鞍山市千山风景区中部偏北的一个山谷地带。它是千山现存的五大"禅林"中最大的佛寺。在这里曾经走出名扬四海的关东第一才子王尔烈。

王尔烈这个名字，也许你并不感到陌生。1985年，辽宁电视台热播一个名叫《木鱼石的传说》的电视连续剧，当时，许多省市的电视台也都进行了转播，剧里面的主人公就是王尔烈。那时，王尔烈成了人们街头巷尾，茶余饭后的主要议题。

今年五月，千山阳光明媚，山上山下，全是茂密的树林。我慕名而来。

穿过龙泉寺的牌坊，沿谷底公路向北走。这是一条幽静的路，路两边及两边的谷坡上，绿树参天，万木争荣。

向西拐过一道弯，在公路的尽头，便踏上一条通往山顶方向的石阶路。刚刚踏上石阶路，就被前方不远处的一块无棱角、近似圆体的巨大的"迎宾石"所吸引。这是一块天然的巨石，它从诞生就挺立在那里，历经岁月风雨，它没有动摇过，它很执着、很虔诚。

早就听人说："黄山有迎客松，千山有迎客石。"但这松和石，可是两种不同的物质，它们所含的寓意或者说风格也不同。俗语说："松迎客，文质彬彬；石迎客，实心实意。"

我绕过迎宾石继续向北走，在石阶的高处，但见一石砌门，门洞为拱形，门洞之上建有庑殿式屋顶。那青色的瓦片已显得老旧，上面长有蒿草，匾额上刻有"勅建龍泉"字样。

显然，这是个老山门。它像个老者，饱经风霜。据说，老山门建于明万历九年（1581 年），匾额上的"勅建龍泉"四字是明神宗朱翊钧的御笔亲题。

在老山门的左侧，有泉水流出。那泉水顺山而下，没有喧哗也没有躁动，更没有"飞流直下三千尺"的壮景。泉水缓慢地流着，似乎要为这佛门圣地保留一份宁静。

相传唐太宗李世民征东在此屯兵驻扎，喝过这里的泉水，所以人们将这里的泉水称为"龙泉"。也有人说，是因为泉水涓涓细流弯曲似龙而得名。

究竟哪个说法对呢？

其实"龙泉"由来的版本有多种。龙泉寺的历史太久远，有资料显示，龙泉寺创建于南北朝（公元五世纪）时期，距今已有1500多年的历史了。这么久远的历史，有谁能说清楚哪个版本对？我倒觉得，版本越多，说明它的名字越神奇……

走进老山门，绕过影壁墙，便见两山之间迎面一堵挡土墙。这挡土墙约有10米高。原来前人是从这里开始，在山谷中用土石等修建若干个平台，龙泉寺的主体建筑就坐落在这些平台上。

在挡土墙的东侧（左）紧贴崖壁，有一红色的双扇木门，蓝色的匾额上，刻有金黄色的四个大字——"古刹龙潭"。这里是通往龙泉寺院内的最后一道山门。

走进这道山门，右侧为客房，左侧立有观音菩萨的雕像。雕像前，香烟缭绕，佛音悠扬，那里有人双手伏地，在虔诚地跪拜……

沿石阶路向北，能陆续看见法王殿，观音庙及其东西配殿、大雄宝殿等。这些主体建筑，分别建在不同的层面上。其他的钟楼、鼓楼、藏经阁、弥勒殿、僧房等则依山形地势错落地分布在主体建筑群的四周。

由法王寺向西走，走进月亮门，就到了龙泉寺的"王尔烈书房"（原名西阁学堂）。这是一栋古朴别致的青砖黑瓦瓦房，檐下有长廊，廊柱上涂有鲜艳的红色油漆，显然这鲜艳的红色油漆是后人维护时，又重新涂上去的。那传统的中式古典门窗，后人也进行了修缮，但是岁月刻下的斑驳痕迹，依稀可见，仍有旧日的余韵。被誉为"关东第一才子"的王尔烈，昔日就在这里面求学。

清雍正五年（1727年）2月20日，王尔烈出生在辽阳县贾家堡子乡风水沟村。其祖父和三位叔父都在朝廷做官，其父亲王缙当时为直隶深州学正。州学正隶属国子监，是基层主管学规、考试的官员，相当于正八品官职。王尔烈自幼天资聪颖，在家庭熏陶和教育下，勤奋好学，喜欢读书。其父亲与《红楼梦》作者曹雪芹的祖父曹寅私交很厚，王尔烈经常跑到曹家借阅书籍阅读。

清乾隆十四年（1749年），王尔烈来到千山龙泉寺西阁学堂，拜龙泉寺元空大师为师，从此开启了寒窗苦读、潜心求学的生活，他经常挑灯夜战，通宵达旦。

穿过历史的岁月，我仿佛看见古人"头悬梁锥刺股"的刻苦情景……

清乾隆十八年（1753 年），王尔烈 26 岁，在辽阳州参加州试，考中秀才。清乾隆三十年（1765 年），王尔烈 38 岁，在奉天府参加乡试，考中举人。只是清乾隆三十一年（1766 年），他 39 岁时，去北京参加京师会试，没有考中，落榜了。

然而，王尔烈没有灰心，他继续苦读五年。在清乾隆三十六年（1771 年），他 44 岁时，满怀信心再赴京师参加礼部主持的恩科会试，考中了贡士。再经殿试，考中二甲第一名。

清朝廷任命王尔烈为翰林院编修、侍读。主要负责纂修《四库全书》，还兼任三通馆纂修官。王尔烈是乾隆的侍读、嘉庆的老师，深得乾隆、嘉庆两代皇帝的赞赏和信任……

清乾隆四十二年（1777 年），王尔烈携好友重游龙泉寺。他看到西阁学堂——这个他曾经学习生活过的故地，百感交集。他将昔日的西阁学堂称为"穷岛虚舟"，并题写对联："室狭如舟，蓬窗四启峰围岸；山深似岛，松声一派海生潮。"

他将西阁学堂喻为一叶小舟，载着他的梦想，在大海里遨游，为了到达理想的彼岸，他忍受着艰辛与孤独。

他还曾留下《龙泉寺》诗一首：

鸟引花迎到寺门，翠屏环拥绀宫尊。

一千峰里烟霞胜，十六景中图画存。

绝壁时悬云外屋，怪松皆走石间根。

来游总向西堂宿，琼岛虚舟惬梦魂。

可见王尔烈对龙泉寺怀有深厚的感念之情。

从龙泉寺往外走，我看到了影壁墙上刻有赵朴初题写的"知恩报恩"四个大字。知恩报恩是中华民族的美德，这世界上没有阳光就没有温暖，没有水源就没有生命。我想，假如当年没有龙泉寺，那么还会有后来的王尔烈吗？回答当然是不可能的，是肯定的，也许有，也许没有。但是有一点可以肯定，王尔烈在龙泉寺得到了充足的雨露与阳光。龙泉寺，乃风水宝地也。

创作于 2022 年 5 月

上铁架山

铁架山，位于鞍山市城区的东部，是靠近城区的二十几座山峰中最高的一座，因其山顶立有测量定位水平基点（测绘基准点）的铁架而得名。

它的四面多为深谷峭壁，山体陡峭而雄伟，遍山高高矮矮的树木及杂草，在夏季里，绿意浓浓。

我沿着小路向山顶攀登。

这是一条崎岖的小路，小路的两边多为灌木丛。灌木丛里的树种比较复杂，有不少我叫不上名字来的，但是山樱桃我一眼就认出来了，它在灌木丛中，所占的比例还是蛮多的。

弯弯曲曲的小路在灌木丛中向山上延伸着。时常还能看到小路两边的一些小野花。放眼四周，觉得这漫山遍野的野花少了一点儿，少得只有星星点点，可能是土壤瘠薄、山石居多的缘故。

山上的野花虽然不多，但是它们却都很抢眼。每见到一朵，就像在浩瀚的沙漠里，看到绿洲一样，让人眼前发亮。我仔细地端详着眼前的一些小野花，那开粉红色花的是花木兰，开黄色花的是苦荬菜……这些长在路边的小野花同灌木丛一起把小路簇拥得紧紧的，微风吹来，它们摇摇摆摆，仿佛是在夹道欢迎我。

当我越过一道小山包，发现小路变得陡峭起来。山腰处，一些奇形怪状的岩石挡住了去路，这些岩石横七竖八的，显现出各种姿态。想登顶就必须越过它们。好在这些裸露的岩石，最高的也只比人高些，只是你必须手脚并用，开始真正意义的攀登了。脚下的小路就在悬崖边上，右侧就是深谷，攀登者来不得半点儿的麻痹大意。

越过这些岩石后，但见右侧一崖壁上写有三个大字——百岁崖。这是健身人所写，字迹的时间不长。一些中老年人把百岁崖当成自己攀登的目标，并经常往返于此，以达到健身的目的。

我站在百岁崖的旁边，有些气喘吁吁，休息了片刻，继续向山顶行进。这时，路边也多了些槐树、桑树等一些大树。当前，正是槐树开花的季节，满山都飘着槐花香，令人心旷神怡。

在接近山顶的小路附近，仍然有些裸露的岩石。这些岩石的形状千奇百怪，有卧着的，有站立的，有凌空探望的，还有龇牙咧嘴的……

大自然真是美妙，造物主用它神奇的魔力，打造出这些奇形怪状的岩石，让你可以自由地发挥想象力。

有人对我说："你可别小看这些岩石呀，它们的资格老着呢！"

据说，这里的岩石，生成于中太古时代，是世界上最古老的岩石之一，距今已有38亿年之久，几乎与地球同期而成。

我走在古老的岩石上，像走进远古的时代里，此刻，一种朦朦胧胧的感觉随之袭来。

而当我站在铁架山山顶之时，那"一览众山小"的感觉油然而生。远处，群山重叠、层峰累累，高楼林立在山与山之间……

山顶处，沿着往东走的小路继续前行，就到达了铁架山的东坡，在这里，能看到国民党残留的工事碉堡。这些工事碉堡建在悬崖峭壁之上，绝对是易守难攻。听说，在这里，中国人民解放军和国民党军队进行了殊死斗争。

下山的路上，在烈士牺牲的地方，我发现长出了一排排松树，那松树的针叶密密层层，蓊蓊郁郁的……

创作于2022年6月

种植葡萄的一点启示

在鞍山市鸽子山北面的不远处，曾经有一间小房子，房子里的居住面积虽然仅有二十几平方米，但房子外的四周皆为绿地，自然环境很美。我在那里住了八年，后来，由于城市建设拆迁，我移居到了别处。在那里居住时，房前有个专属于我的小园子。我在小园子里种些蔬菜，还种植了几棵葡萄藤。

记得当年栽下的葡萄苗，第二年就长成了茂密的枝藤。那些枝藤，盘根错节，密密实实，布满了支架。我在支架下面，放了个小木桌，又弄了两把椅子。遇到炎热的天气，那里就成了我吃饭乘凉的好地方。有时，孩子们也会在葡萄架下看书、写字或玩耍。

到了第三年，支架上挂满了一嘟噜一嘟噜的紫红色葡萄，那圆圆的葡萄粒，像玛瑙珠，上面还挂些白色的粉霜。

八月十五那天，家人们早早起来，摘些葡萄送给亲朋好友。

晚上，全家人团团围坐在葡萄架下，有说有笑，大家一起赏月亮、吃月饼、吃葡萄……希望未来的日子全家能团团圆圆。

一转眼，到了第四年。这一年雨水多，葡萄得了病虫害，减产了，最后只剩下了几串葡萄。

记得，当时还没到秋天，架子上那茂密的绿叶，大部分枯萎凋谢，剩下十几条葡萄藤像长蛇盘曲在架子上，我有些蒙了。朋友告诉我："那葡萄是得了白粉病、炭疽病……咳，种植葡萄是讲究方法的。"接着朋友又说，"家里面要预备些农药，定期喷洒，预防病虫害。"

原来，是我不懂，把种植葡萄的事儿想简单了。其实，无论做什么，都是要讲究方式方法的。仅凭着一腔热情，不懂方式方法，注定是要栽跟头的。

在朋友的提醒下，我急于要买到农药。可那年，由于市区内没有卖农药的，又赶上单位里的工作非常繁忙，买农药的事，就一拖再拖。那个年代，买农药要去郊区，需要走很远的路，交通也不像现在有汽车代步，网购就更谈不上了。

时间来到第五年的春天，葡萄架上的枝叶还依然繁茂，到了秋天，架上的葡萄枝叶就成了秃枝，葡萄也所剩无几。

这时，朋友劝我，别种葡萄了，没有精力管理。可我看着那些得病的葡萄枝，心里五味杂陈……

在东北，冬天是比较寒冷的，土地里的温度较大气的温度高，为了防止葡萄发生冻害，入冬前，要将葡萄藤下架埋到土里，待来年开春时再取出来。

那一年，我听了朋友的劝，决定放弃葡萄的种植，尽管当时有些不情愿，但是考虑到实际情况，还是决定放弃了。入冬前，我没有将葡萄藤埋起来。那些可怜而又无精打采的葡萄藤，在风雪严寒的条件下（最低气温曾达到零下18摄氏度），依然原封不动地待在那架子上，我想等到来年开春时再收拾扔掉它们。

谁知，冬天过去了，春天我在整理园子时，却忽然发现，那些葡萄藤竟然没有被冻死。每根葡萄藤上都冒出了嫩嫩的小绿芽，我如获至宝、高兴地跳起来，决定保留这些葡萄藤，继续种植。

世上的事就是这么奇妙。这一年，葡萄竟然没有发生什么病虫害。秋天时，我又看到了那茂密的枝藤和一嘟噜一嘟噜的紫红色的葡萄。

我心中乐开了花。心想："葡萄藤上的那些'病毒'，一定是被冻死了。"可我又觉得奇怪，奇怪的是葡萄藤为什么没有被冻死？是葡萄藤不怕冻了吗？显然不是。我想，应该是今年的冬天照比往年的冬天气温暖和一些吧……

经过了这件事，我得到了一点儿启示：无论你做什么，都要懂得怎么做。在处理或解决问题时，一定要遵循处理或解决问题的方式方法。不可贸然行事，否则，将处处不顺，一事无成。当然，处理或解决问题的方式方法，不可以教条化。事物是发展变化的，没有静止的。在我们看来静止不动的地球不也有自己的公转和自转吗？所以，我们对事物的认识以及有关的方式方法等都要随之变化而变化，世界上一成不变的东西是不存在的。

时过境迁。尽管我现在已经没有条件再种植葡萄了，但是，那段时间种植葡萄所获得的启发，还是很受用的。

创作于 2016 年 7 月

由乌鸦喝水想到的

一个瓶子，瓶底有些水，而瓶身高、瓶嘴小，乌鸦喝不到瓶子里面的水。乌鸦为了能喝到瓶子里面的水，就往瓶子里面丢石子，瓶子里面的石子多了，瓶底的水就浮了上来，乌鸦也就能喝到瓶子里面的水了。

这是个小故事，出自《伊索寓言》。故事虽小，却说明一个大道理：碰到问题，不要回避，不要等待，要想办法解决。

假如那只乌鸦不往瓶子里面丢石子，那么，那只乌鸦肯定喝不到瓶子里面的水。

这乌鸦的聪明，简直令我惊讶、让我感叹。

其实，乌鸦的聪明是出了名的，它是世界上最聪明的鸟之一。它不仅能够往瓶子里面丢石子，还能够使用树枝抠树洞里面的虫子，用面包屑钓鱼，把核桃扔到马路上借助汽车的碾压剥壳等等。

我上中学的时候，有位同学问我："人与其他动物的本质区别是什么？"

我想了想，回答他说："会制造和使用工具。"

那时，我以为我的回答很完美了。可是，乌鸦也会制造和使用工具呀，只不过它所制造的工具是非常原始又非常简单的，和我们人类早期的原始状态差不多。有人曾说，乌鸦的智商相当于七岁的儿童。

纵观人类在自然中的历史演变，人是要比乌鸦进化和聪明得多。

看看天上的宇宙飞船，地上的高铁与汽车，就知道人类是世界上最有创造力的动物。

遗憾的是，我们现在有些人在困难面前所表现出来的态度，还不如一只乌鸦——他们不思进取，遇到点儿困难，就束手无策，甚至怀疑自己，畏手畏脚，或者干脆自暴自弃，结果一事无成。

当然，人类在生产生活及社会实践中所遇到的问题，很多要比乌鸦遇到的问题复杂得多。有些问题，至今还没有找到解决的办法，还需要人们在今后的实践中，不断地去探索、不断地去解决。

但是，在困难面前，我们需要的是勇气，是那种明知山有虎偏向虎山行的勇气，而不是懒惰与畏难的情绪。显然，这种勇气不是鲁莽，也不是冲动，而是坦然地面对困难、以积极的姿态找出解决问题的办法，从而克服困难。

解决问题的办法，只有从学习和实践中获得。我相信办法总是比困难多。在困难面前，我们就是要有一种乐观而积极的态度。美国演说家罗曼·文森特·皮尔有一句名言："态度决定一切。"是呀，不同的态度会让我们对同一件事采取不同的做法，从而得到不同的结果。美国著名科学家爱迪生发明灯泡的时候，失败了很多次。当他用到一千多种材料做灯丝的时候，助手对他说："你已经失败了一千多次了，成功已经变得渺茫，还是放弃吧！"但爱迪生却说："到现在我的收获还不错，起码我发现有一千多种材料不能做灯丝。"最后，爱迪生经过六千多次的实验，终于获得成功。

试想，如果爱迪生在助手劝他时放弃了实验，那么结果会怎样呢？

不言而喻。在问题和困难面前，我们需要不断地学习探索。尤其是学习前人在生产生活及社会实践中所得到的知识和方法。这些知识和方法，是我们前进的动力，如果我们不去学习与掌握，哪还有资格谈什么创新与发展？我们又拿什么去改造世界，服务社会？

　　总之，在困难面前，我们不仅需要勇气，还需要严谨的科学态度与完善的解决问题的方法。

　　只有这样，问题才能得到解决，人类社会才能不断进步。

　　我想，人是要有所追求有所作为的。一个人，如果什么都不会做，又不求进取，好吃懒做，那么他将是个无用人——一个不能自食其力的无用的人。

创作于 2023 年 10 月

第二章　岁月的印记

槐花香

　　小的时候，家的东南面有许多槐树——它们大多长在山谷里、溪水畔和马路边。

　　每年的六月前后，槐树开花，芬芳四溢，满街飘着槐花香。

　　村子里的大人们，早早地拎着篮子出去，晌午或者傍晚，再拎着装满槐花的篮子归来。

　　我五岁的时候，刚刚能够提起篮子走路，就跟着大人们一起去摘槐花了。

　　可是，那时我能摘几朵槐花呀！

　　我的眼睛只会注意林子里有什么好玩的。

　　当大人们摘槐花的时候，我一般是在追蝴蝶、捉蚂蚱，有时也会蹲在树底下认真地看蚂蚁搬家……

　　我的篮子里面，通常也会有些槐花，但很多是捡大人们掉到地上的，或者是大人们送给我的。

　　我贪玩，有时会把篮子扔到一边，跑到小溪里面去摸鱼，母亲发现了，就制止我，叮嘱我要多拾些槐花。

我听了母亲的话，开始多拾槐花。但也经常是一边拾槐花一边追蚂蚱。手里的篮子未免太大，追赶蚂蚱时不是磕到腿就是碰着地，搞得刚刚从地上拾到的槐花，又会从篮子里面掉到地上……

　　那最糟糕的是追蝴蝶。

　　追蝴蝶时，我的眼睛往往只看天不看地，常常要跌上几跤，惹得大人们哈哈大笑。母亲也开始对我严厉起来……

　　当我七岁的时候，到了上学的年龄，母亲就不让我去摘槐花了，大人们还照旧。

　　据说，槐花入药，具有凉血止血、清肝泻火的功能。每年我们家都会弄很多的槐花。

　　母亲将摘来的槐花大部分晾干，然后拿到集市上去换些生活用品。换得最多的是鸡蛋，母亲说，鸡蛋补脑，让我多吃些鸡蛋，希望我将来能考个"状元"什么的。

　　母亲会用槐花做许多好吃的。例如用槐花包饺子、做菜汤、煎饼子、蒸发糕……

　　我最爱吃的，是母亲用槐花做的发糕。村子里的人，称其为"槐花糕"。

　　做"槐花糕"，首先要将槐花洗干净，然后将其和玉米面掺到一起，接着放点儿油和调料，最后把它们搅拌均匀，再将其放到蒸锅里蒸熟。刚蒸熟的"槐花糕"热气腾腾，香喷喷的。吃的时候，如再蘸点儿白糖或者少许蜂蜜，哎！那个香甜啊，真是口齿留香、回味无穷！

我是喜欢上槐花了。

放学的路上，如果遇到一嘟噜一嘟噜的槐花，我就会静静地看着它发呆半晌。

我常想：那槐花像什么？

有人说它像挂满枝头的绒绒白雪，也有人说它像无数银色的小蝴蝶，可我觉得它藏于翠绿欲滴的枝叶中更像绿色海洋里的朵朵浪花……

说实在的，在花的世界里，槐花很普通、没有诱人的浓艳，但是它释放的芳香却久远醉人。

著名作家许地山在他的《落花生》里对他的孩子们说："你们要像花生，因为它是有用的，不是伟大、好看的东西。"我觉得许地山说的花生和我说的槐花有异曲同工之妙……

其实，我的父母何尝不希望我在社会上能做一个既"普通"又"有用"之人！

许多年后，原来摘槐花的那些地方，都建起了高楼，可是我对槐花的感情却依然是那样深厚，槐花的香气早已融入我的灵魂……

创作于 2015 年 9 月

我的母亲

一年一度的母亲节快到了，我只能在梦里问候母亲了。

小的时候，在部队工作的父亲经常不在家，家里的活儿，基本上都落在母亲一个人的身上。那时家里吃水需到一百米外的井里，由母亲用扁担挑，一担水足有八十斤重，母亲一天要挑四担水。每次母亲挑水，遇上好天，我都会跟在母亲的身后跑，只见那两端挂着水桶的扁担在母亲的肩上随着母亲的脚步而上下呼扇着，那呼扇的扁担就像大雁扇动着翅膀，那呼扇的扁担又会发出"嘎吱""嘎吱"清脆而悠扬的声音。那声音，曾伴随母亲的脚步划破黎明的寂静；那声音，也曾飘过风天、雨天，穿过严寒、酷暑；那声音，是那么悦耳，像动听的音乐，更像劳动的号子，深深地留在我的心里。

冬天，母亲挑水一般就不让我去了，因为，冬天井口周围冻了厚厚的冰。

那时家里没有煤气。母亲要经常劈柴、生炉子，每天还要做饭、洗衣服……母亲也真能干，我没看过母亲因为干活而悲叹过。

那个年代，全家都指望父亲一个人的工资维持生活。

有一天，一个卖糖葫芦的人从我家门前经过，我高兴地跳起来叫母亲给我买一个。可母亲摸摸兜迟疑着，就听母亲轻声说："不够呵 。"我说："抽屉里有钱。"不等母亲发话，我打开抽屉就要拿钱。可母亲此刻摁住了我的手，嘴里说："乖儿子，这钱是给你爷爷留的，哪天妈一定给你做个最好的糖葫芦。"原来，母亲非常孝顺，她支持父亲将工资的一半寄给爷爷。虽然我们家当时的生活比较拮据，但我没见母亲发愁过。

年三十儿晚上，按照我们家的传统——母亲要蒸一大锅馒头，普通的一个馒头，母亲能做出好多花样来，有桃的、枣的，还有小动物模样的。母亲是想增加我们过年的乐趣，我们往往先把小动物样的馒头当成玩具，然后再把它吃掉。

几年的光景，我长大了些，能帮母亲做一些家务活了。母亲就找了一份工作。母亲会画画，在一家制镜厂负责镜面设计。我清楚地记得母亲画过一幅画：一轮红日从大地上冉冉升起，布满霞光的池塘边上立着两只仙鹤，一只低头将嘴深深地插进水里，似乎在水中寻觅着什么，另一只昂首，似乎在看蓝天飘过的白云;池塘里，贴着水面的是许多荷叶和浮萍，高出水面的是盛开的各式各样的荷花。母亲的这幅画距今已有五十多年了，虽然算不上什么名画，但它出自一个没有经过什么专业学习的家庭妇女之手，我认为足矣。它是那样美丽，那样清晰地珍藏在我的记忆里。

我参加工作时离开了母亲。有一次，我去看望母亲，见她正在厨房里做活，就过去帮她。可我不小心将头撞在厨房油烟机的一角上，顿时，头破了一个口子，虽然口子不大，但血流不止。母亲见此状，急忙跑到街上叫辆出租车，坚持将我送到了医院。那时，母亲已七十多岁了，却丝毫看不出她有一丝蹒跚。

在母亲眼里，我永远都是个孩子。母亲经常打电话问我学习、生活的情况，特别听说我工作有了进步，她高兴得不得了，鼓励我百尺竿头，更进一步。改革开放以后，家里的生活条件好了，每次我到母亲家，母亲都会做些我爱吃的让我吃，并问我这儿问我那儿。走的时候，母亲总是站在门口目送我走远。

我的母亲就是这样一位母亲，她姓林，名翠兰，出生在辽南农村的一个普通家庭。她和千千万万个普通母亲一样，生儿育女，尽职尽责，无私奉献，任劳任怨。如今她走了，我再也听不到那清脆而悠扬的扁担声，再也看不到她描绘得惟妙惟肖的池塘与仙鹤，再也吃不到她亲手做的那造型可爱的"动物馒头"，母亲带走了我的牵挂，却给我留下了无尽的思念，每当我想起母亲，都会潸然泪下。

我永远感谢我的母亲，是母亲给了我生命，把我带到这个世界。在我成长的过程中，是母亲给了我极大的关爱和呵护，直至她生命的最后一刻。我祝福我的母亲在天堂里幸福快乐！

创作于 2013 年 5 月

我的"豆芽"

刚从单位退下来，女儿怕我孤独，给我买了一只小狗崽。

小狗崽刚到我家时，显得有些瘦小虚弱，女儿就给它起了个名字，叫"豆芽"。

豆芽，浑身棕色的卷毛，耷拉着双耳，有着墨一样的黑眼仁及油黑发亮的小鼻头，怪招人喜爱的。

每天早晨，我醒，豆芽就醒。它醒来先盯着我看，接着就晃动着小尾巴，跑到我的跟前，低头嗅我的鞋子……

有一天，朋友来我家串门，看我将狗窝安放在卧室里，就跟我说："为了培养小狗的独立能力，应该把狗窝弄得离主人远一点儿。"

可是我觉得，豆芽太小了，有点儿不忍心，就继续把狗窝安放在我的卧室里。这下可坏了——小豆芽变得离不开我了，我去哪儿，它就跟着我去哪儿，看不到我，它就叫唤。天长日久，我发现它的胆子很小——在外面遛狗时，我们所看到的狗，豆芽没有不怕的。它经常被别人家的狗撵得满院子跑。遇到这种情况，我真怕它被吓着、被咬着。于是，我一面追着它跑，一面驱赶别的狗。

但是，时间长了，这也不是个办法呀！

后来，我预备了狗绳，遛狗时，就把小豆芽拴上，遇到情况时，就把它拎起来。

没办法，谁叫我养了个胆子小的狗呢。

之前我没带过狗，也不懂得怎么训练狗。我对豆芽除了溺爱还是溺爱。

一位朋友对我说：“狗厉不厉害，其实看主人。”言外之意，狗的主人不厉害，他的狗也会不厉害。朋友的话，当时我认为也许就是一句调侃，没有往心里去。

但是，实际上，狗是很精明的。它会看你的脸色，即使你不说话，它通过你的表情和动作也能了解你的情绪，领会你的想法。

记得有一次，我和豆芽去一个广场。正赶上工作日，广场上人不多。一群鸽子正在广场的地上啄食，只见一个中年男子站在鸽群中间，他的手心上有些谷米，想吸引鸽子到他的手上吃食。起初，我以为他是在玩。谁知接下来的一幕却让我惊愕了——一只鸽子落到他的手上，他突然用手抓住鸽子，迅速把鸽子脑袋往鸽子翅膀下一别，然后将鸽子塞进他的衣怀里。我意识到这个人是在偷鸽子。我一边注视着他，一边嘴里不由自主地吼了一声。这时，豆芽已冲着他狂吠了。那人仓皇地逃走了。

巧得很，几天后，那人又在鸽群中重操旧业，让我和豆芽碰上了。当时，我目不转睛地盯着那人。这时豆芽已像箭一样冲到那人身边，冲他狂叫。看豆芽那架势，好像就要扑到那人身上咬他了。豆芽的举动，吸引了广场上众人的目光，那人在众目睽睽之下，急忙放了手里的鸽子，逃走了。

豆芽的表现，让我感到意外，令我振奋。

听说，那人偷鸽子拿到饭店去卖。我想不明白，一个四肢健全的人，完全可以凭借自己的劳动吃饭，而为什么要偷？

在回家的路上，我忽然觉得豆芽的胆子好像大了许多，回到家里，我的心情非常愉快，特意喝了二两酒，并奖励了豆芽几块鸡肉……

创作于 2015 年 8 月

一位有恩于我的人

读初中一年级的时候，我家住在辽宁省西丰县的西丰镇上。那时，我们班有个同学叫李文武，他个高腿长，是学校的中长跑运动员。

记得，一个星期天的早晨，我还没有吃早饭，他就骑着自行车匆忙来到我家，约我和他一起骑着自行车去吉林省的辽源市兜一圈。

辽源市虽属吉林省，但距我家五十多公里，尽管不远，我也是没去过。听说那儿的面包，都是用精制的白面做的，奶香味浓浓的，特别好吃，在我们这里是根本买不到精制的白面做的面包。于是，我做梦都想着有一天能去买点儿回来，解解馋。碰巧，赶上同学来约我，我又刚刚学会骑自行车，正在兴头上，就答应了他。

母亲听闻劝我："吃了饭再走！"

可我的心早已飞到了辽源市。我一边冲着母亲说不饿，一边骑上自行车就和同学上路了。

我们走的是一条公路。这条公路说是公路，其实都是些砂石土路，路面不平坡路又多。起初，我俩都飞快地骑着，而且心情也不错，就像出笼的鸟儿快乐地飞翔着。可是一个小时过后，我感觉我的体力出了问题，自行车好像变得越来越沉重，相比我的这位同学，他好像永远不知疲倦，脚踏板在他的脚下依然欢快地转动着，我有点儿跟不上他的速度了。于是，我们相约各骑各的，在辽源市入口处见。这样早到的可以早点儿休息，好在通往辽源市的公路只有这一条，我们不会走丢。

当时，正值夏季，天气炎热。我的身体早已汗流浃背。出门时走得急，也没带瓶水。接近中午时，眼看就要到辽源市了，忽然，我只觉眼前一黑，一头栽倒在公路上。我曾几次试图站起来，几次都没有成功，身体软绵绵的，就像一摊烂泥。

这时，路边一位大叔，将我扶起来，见我神志清醒，身体并无大碍，便将我抱进他的家里。他的家就在马路边，是两间砖瓦房。他把我放到炕上，用他粗糙厚实的手，摸摸我的额头，嘴里说："孩子，你这是中暑了。"说着递给我一碗水，接着又让我喝了一碗小米粥。仅仅过了十几分钟，我就感觉有力气、行走自如了。当时，我非常感激大叔对我的救助，要给大叔钱，可大叔说什么也不要……

那天，我凭借着大叔给的一碗小米粥，在辽源市兜了一圈又一口气返回家。

这件事，让我刻骨铭心。尤其是当我听到有人说"如今人与人的关系很多都是利益关系"，或者"很多都是金钱关系"时，我就会想起那位大叔，想起他不图什么钱，也不图什么利益，他就是那么善良无私。

参加工作时，我曾到当年的地方找过大叔。遗憾的是没有找到。当年大叔家的那个房屋，由于公路扩建，也不知道搬到哪里去了。而那时，也没记下大叔的姓名和联系方式，都怪我当初年幼无知。人是要感恩的。我为我当时的疏忽而后悔……

创作于 2014 年 3 月

小布垫

一位朋友跟我说，他小时候做过小布垫，然后拿去换钱，买回自己想要的东西。

我忽然想起，20 世纪 80 年代，我也做过小布垫，拿去换钱。

小布垫，就是工业抹布。

改革开放初期家里生活不富裕，做几个小布垫，拿去换钱，可以贴补一下家里的生活费用。一个小布垫，我记得，能卖到 0.1 元。

你可别小看这 0.1 元，如果能卖上 10 个小布垫，那就是 1 元钱呢！当时，商店里一斤猪肉 1 元钱左右，一个普通人的工资也就是三四十元钱。

母亲将家里不用的废布或者布头找出来，把它们裁剪拼接成一个双层、一尺见方的小布块，然后在那上面穿针引线，一会儿工夫，一个小布垫就做好了。

做好的小布垫，有点儿仿旧工艺品的味道，五颜六色的。

但是，它们大小划一。每个小布垫成形之前，母亲都会拿着皮尺反反复复地测量——小了，卖不出去；大了，造成浪费。

家里面的废布和布头用没了，母亲就发动亲戚们捐献。邻居们知道后，也纷纷送来废布和布头。

看到母亲加工的小布垫越来越多，我又高兴又担心。高兴的是小布垫多了，收入也多了；担心的是随着小布垫数量的增加，母亲累着。有时候，我会动手帮助母亲做点儿。起先，我负责量尺，或者用剪刀修理小布垫的毛边。后来，我也会像母亲一样，独立地完成小布垫的制作了。只是我缝制小布垫的速度要比母亲慢许多，而且，那针尖经常会扎到我的手指头，母亲发现了，心疼地摸摸我的脑袋，劝我别做了，让我去读书，说她自己能干得过来。

就这样，母亲起早贪黑地缝制小布垫。每次母亲都将小布垫卖出的钱，给亲戚、邻居们分一些，大家都挺开心。我和母亲自然也非常开心，因为，我们用自己的劳动创造了收入，改善了家里的生活……

创作于 2022 年 8 月

记忆里的糖酥饼

我十几岁时，就跟父亲学会了烙糖酥饼。但是我烙的糖酥饼，和父亲烙的糖酥饼比起来，无论在外观上还是在口感上，总是差那么一点点。为此，母亲安慰我说："正常。就好比刚出徒的打铁匠和老铁匠的手艺，那能一样吗？"父亲烙的糖酥饼，有点儿像千层饼——一层一层的，但是每层都很薄，薄得像翻毛月饼的皮儿，层与层之间还夹杂些油酥面，吃起来又香又甜还酥。那酥可不是硬邦邦的酥，而是柔软的酥，吃起来会掉渣的，需要用手接着吃，不然会掉落一地的渣。

记得小时候，父亲出差回来，总要给我们带点儿好吃的（零食）。

有一次，他从南方回来，却只带回了几斤白面。我们兄妹几人，觉得很奇怪，便将父亲的衣兜，里里外外翻个遍，最后也没找出什么好吃的东西来。小妹妹嘴里嘟囔着，很是失望，我和其他兄妹几个也都不满意。

可是，父亲却好像根本不在意我们的表情，他用神秘的眼神瞟了我们一眼，然后"嘿嘿"地笑着说："我会变戏法，一会儿给你们变几张糖酥饼。"

"什么，糖酥饼？"我惊喜地脱口而出。

兄妹几个听到父亲说糖酥饼，也都立刻高兴起来。那个年代，别说是糖酥饼了，就是普通的白面馒头，对我们来说都是奢侈品。因为，我们这里地处山区，盛产高粱和玉米，除了有一点点水稻外，根本看不到麦子的影子。尽管母亲平日里把高粱米和玉米面换着样做，但那也是粗粮，没有大米白面好吃。

我们都瞪大眼睛、全神贯注地注视着父亲，希望他能早一点儿给我们变出糖酥饼来。可是，这时我心里想："奇怪呀！父亲怎么会变出糖酥饼呢？过去从来没听他说过呀？"

原来，父亲这次去南方出差，在南方朋友那里学会了烙糖酥饼。

只见父亲洗洗手，系上围裙，拿出面盆、面板和擀面杖。他将带回来的白面大部分倒进面盆里。然后，往面盆里加入适当的温开水，将盆里的白面搅和成面团，再将面团用锅盖盖在盆里——醒上 20 分钟。

接着，父亲取出马勺，往马勺里倒些豆油，待豆油加热后，又往马勺里放些白面和少许白糖，父亲说，这是在制作油酥。

油酥制作的过程中，满屋子飘着油酥的香味，我们兄妹几个，还是头一回闻到这油酥的香味，有点儿像油茶面的味道，馋得我们都流出哈喇子了。

油酥制作完毕，父亲又把醒好的面团，放在面板上揉了几下，接着用擀面杖将面团擀成了一个大大的、薄薄的圆饼，然后，又往圆饼上面均匀地涂抹些油酥，涂抹完油酥，父亲又把圆饼卷起来，再用菜刀将其等分成几小段，每一小段都用擀面杖擀成一个小圆饼。

紧接着，父亲再取来平锅，将小饼放入平锅内，用小火进行烘烤。

父亲小心翼翼、不时地给平锅中的小饼翻个儿。父亲说："这样，一是防止小饼被烤煳，二是防止小饼外皮破碎掉渣。"

在烙糖酥饼的过程中，平锅里是不放一滴油的。

没有几分钟，糖酥饼就烙好了。

父亲给我们每个人分了两个糖酥饼，嘱咐我们要等糖酥饼凉了再吃。

可是我们兄妹几人早已迫不及待了。我是三口并作两口，一边吃着，一边往糖酥饼上吹着气，一会儿工夫就把两个糖酥饼吃完了。

那可是我平生第一次吃父亲做的糖酥饼。那个香、那个甜、那个酥，真是好吃极了，现在想起来，嘴里仿佛还有那种滋味。

那时候，白面不是随便可以买到的。但是，父亲只要一买到白面，就给我们做糖酥饼。糖酥饼对我们来说，真是百吃不厌。

后来，父亲每次做糖酥饼，都鼓励我们要自己动手。可母亲却不同意，母亲说："好不容易买来的白面比金子都贵，不能拿它练手！"母亲就把玉米面磨细了，让我们练习操作。

从 20 世纪 80 年代开始，市场上白面多了起来，这糖酥饼便成了我们家的"名牌主食"。凡亲朋好友来我家做客，父亲总要给烙上几张糖酥饼。有时，家里来客人赶上父亲不在家，母亲也会让我给客人做上几张糖酥饼。我做糖酥饼时，小妹妹也嚷着帮忙。只是我的糖酥饼还没有做完，小妹妹的脸和衣服上都涂抹上了白色的粉面……

这件事情，虽然已经过去几十年了，可是，我没有忘记。糖酥饼这门"手艺"始终珍藏在我的脑海里。

创作于 2020 年 6 月

我的父亲

父亲去世有 30 年了。他去世的那天，我没有在他身边，犯了做儿子的大忌。

千百年来，中国传统的"养儿防老"，我没有做好，是个不孝之人。

那年，我在匈牙利留学。

当时无论是匈牙利还是中国，交通状况及通信水平，都无法和现在相比。现在我们有手机，手机里面有微信，微信里面还有视频，亲人之间即使远隔千山万水，也能在视频中见上一面。可那时，身在异国他乡的我，想和亲人们见上一面，是根本办不到的。

当我知道父亲去世的消息时，父亲的丧事已经办完了。那天，我接受不了这个事实，一下子瘫坐在地上，哭得死去活来……

记得离家的那天早晨，父亲早早地起床，为我收拾行囊。

他特意买了一张站台票，坚持要送我上火车。

上了火车，他帮我把行李放好，接着从衣兜里拿出一个黄皮的小本交给我，那上面有家里的通信地址和世界各国的电话区间号码，父亲嘱咐我，到了国外想着给家里打个电话……还没等他说完，开车的哨音响了，列车员把他撵了下去，他站在站台上，一边向我挥手，一边喊：

"不要惦记家，好好学习……"

我冲着父亲挥手点头，眼泪在眼眶里含着。看着父亲远去的身影，我忽然觉得父亲老了许多。我想起了朱自清在《背影》里描述他父亲的情景……真是可怜天下父母心！

我原本想尽快完成学业早日归国。可没想到，火车上和父亲一别，竟成了永别！

父亲去世的时候才58岁。他生于1932年，姓于，名永湖。年幼时随着爷爷举家从山东迁到辽宁（那时叫"闯关东"）。

1948年的秋天，辽南的一个小山村——"小莲泡村"成立了新民主主义青年团，父亲是首任团支部书记。那年的冬天，一支解放军队伍路过村子，党组织号召青年应征入伍，父亲带头响应。爷爷知道后，坚决反对。爷爷说："好铁不碾钉，好汉不当兵。你看村西头的刘老四当兵多少年了，到现在还是个光棍……"

爷爷为了阻止父亲当兵，把父亲锁在屋里，从早到晚24小时坐在门口看着。

请原谅我的爷爷那时的愚昧、落后，他只是个地地道道的农民，就知道种地穿衣吃饭。幸好伯父是中共党员，巧施一计将爷爷骗走，父亲见机从后窗跳出，投奔了解放军。

1950年，父亲参加了抗美援朝战争。

父亲当兵后，爷爷在当地党组织的教育帮助下，思想觉悟有了很大的提高。后来我们听奶奶说，当知道父亲在战场上杀敌立功时，爷爷高兴得一夜未睡。父亲在部队立过二等功一次，三等功两次。

1968年的一天，沈阳城里下起了一场罕见的大雨。马路上当时积了不少水，有的地方积水已超过膝盖。父亲那天外出办事走在一条马路上。忽然，距离父亲不远处，一个小男孩不小心，将一只脚踩到了排水井，那井盖不牢被踩翻了，瞬间，小男孩的大半个身子掉到了井里，小男孩挣扎着。父亲见状，扔掉手中雨伞冲了过去，将小男孩拽了出来。可父亲的膝盖，不知被什么划破了一个大口子，父亲当时也没有顾及自己，见小男孩身体并无大碍，嘱咐了他几句，便不声不响地离开了……

1974 年，父亲不幸患了心肌梗死。

1976 年，当了 28 年兵的父亲，从正团职岗位上转业到鞍钢某铁矿做了副矿长。一些亲朋好友听说后，都过来找他，想让他帮忙安排个工作、批发点儿钢材，都被他一一拒绝了。

他说："我没有谋私的权力。"

转业时的那身军装，他在地方工作多少年，就穿了多少年。

20 世纪 80 年代，住房和涨工资都是要按指标（百分比）进行分配的，他把得到的指标都让给了别人。

他说："先可别人来。"

1983 年，我结婚时，父亲翻出了家底，才拿出了 400 元钱作为彩礼送给我爱人。400 元钱够干什么呢？当时，买个沈努西牌的冰箱还得 800 多元钱呢！

可是父亲却对我说："当年你爷爷没给我留下什么，我也没给你留下什么，你想要生活得好，就要靠自己的本事。"

靠自己的本事去挣钱吃饭，这是父亲对我的要求。

我的父亲就是这样：当了大半辈子的兵，朴素了一辈子，正直了一辈子，也善良了一辈子。

小的时候，父亲还是我快乐的源泉。那时，每逢节假日，只要父亲有时间，就会陪我玩。他带我去逛动物园、玩滑梯、看冰灯、放鞭炮、捉迷藏，或者带我去大海里游泳……他还会给我烙糖酥饼、做拔丝地瓜，这两项可是他的绝活，比母亲做得好。

生活上，父亲是个既坚强又乐观的人，我没看到他为什么事愁过。记得他常跟我说："困难对于强者是垫脚石，对于弱者是万丈深渊。"

回首往事，我从父亲那里得到的，更多的是精神财富。这些精神财富就像航标灯一样，每天都陪伴着我，引领着我，指引着我一生的航程。

山之高昂，令人仰止。父亲对我的爱，就如那高山。

创作于 2020 年 7 月

冰滑子

没在北方生活过的人，一定不知道冰滑子。而现在在北方生活过的年轻人，又有多少人知道冰滑子的呢？冰滑子的的确确已经成为"过去式"了。

20 世纪六七十年代，在我国北方的一些地方，到了冬天都会有冰滑子出现。冰滑子，其实就是孩子们特别是男孩子们当时的滑冰工具。那时候，在我的故乡——西丰县，一到了冬天，男孩子们都会拥有一副自己的专用滑冰工具——冰滑子。那个年代，马路上会有被压实的积雪，河床或者湖面上会有冻实的冰面，这些地方，都是用冰滑子滑冰的好地方。

当然，人工冰场，也可以用冰滑子滑冰。只不过那里通常是冰刀的天下。

那个年代，有几个男孩子能买得起冰刀呢？

而冰刀都是些"洋玩意"，而冰滑子却是"土玩意"。土玩意是登不了大雅之堂的。如果，硬要拿冰滑子当冰刀用，那是绝对不可以的，因为，冰滑子适应不了速度滑冰和花样滑冰的要求，只能在冰雪上打个"滑出溜"满足一般的滑行娱乐罢了。

但是，就是这样的一个冰滑子，对于当时我们这些男孩子来说，拥有它，已经是很不错的事了。

每年的冬天，我都会自己动手做一双新的冰滑子，或者是把上一年的冰滑子翻新一下。一双冰滑子的寿命，大体上就是一年冬天里的那几个月。也许你还不知道怎么制作冰滑子，其实，制作冰滑子是很简单的，我们那里的男孩子基本都会做。

首先，预备好两块1至2厘米厚、宽和自己脚掌差不多、长比自己脚掌短3厘米左右的木板；其次，预备好四根比木板长13厘米左右的8号铁线，和若干个螺丝钉；最后，预备好两条长一点儿的鞋带。

材料预备好就开始制作了。

先将8号铁线在每块木板下平行放两条，然后用钳子将8号铁线两头（前后）露出木板外的部分，各向木板上方（反方向）弯过来，并用锤子将其固定在木板上，接着在两块木板的前端、两条8号铁线之间分别拧上几颗螺丝钉。螺丝钉不能全拧进去，拧进一半即可。这样冰滑子就制作完了。那两条长鞋带是把冰滑子固定在双脚上时用的。

你可别小看冰滑子上那几颗螺丝钉，那是在冰上起跑或助跑时（前脚掌着地）用它起防滑作用的，它们就像钢牙一样，在脚掌的作用下，不断地牢牢地啃咬着冰面，可以帮助你在冰上起跑或者助跑……

当然，孩子们包括我，制作出来的冰滑子，还是比较粗糙的，和冰刀相比，无论是在外形上，还是在性能上，都是无法相比的。但是，无论它怎样粗糙与简单，孩子们还是比较喜欢的，因为它能给孩子们带来乐趣。

放寒假的时候，我们几个同学常常一起带上冰滑子去附近的寇河滑冰。每次到了河边，我们都先把冰滑子用鞋带牢牢地捆绑在自己的脚（鞋）底下，然后，从河的上游往下游方向滑行，滑行的途中几乎不用助跑，借着落差，靠身体的重力，就能轻松地滑出很远很远，就如同自动行驶一样，真是过瘾。

我们还会唱着歌、成一路纵队滑行，你根本不用担心我们会迷失方向，我们沿着河床滑向远方，必然也会沿着河床滑回来。往回滑，可就吃力了，大口大口地喘着粗气，眉毛和帽檐上都会结成白霜……

那时，我们一边滑行，还一边欣赏两岸的风景。有时会经过一个全然陌生的村落，发现那里的人和我们的打扮一样……

时间过得可真快啊！一转眼，几十年过去了。用冰滑子滑冰的事，已经成为历史了。

现在，每当遇到冰天雪地时，我还是会想起小时候用冰滑子滑冰的事……

创作于 2021 年 12 月

在姨妈家的两天

姨妈家在辽南，紧挨着渤海。小时候，也就是 20 世纪 60 年代的时候，我在姨妈家住过两天。

那两天玩得非常开心，现在想起来，还记忆犹新。

记得刚去的第一天，我就和表弟上山去搂柴草，其间抓了很多的蚂蚱，中午我们不回家，在山坡上找块沙石地，燃上一小堆柴火，然后把抓到的蚂蚱全部烤熟当饭吃。那味道真是美极了，尽管还有点儿烟熏煳焦味，但是在当时，绝对算得上是人间美食。晚上表弟带我去房顶上掏麻雀窝，（那时，人们还没有认识到此举破坏生态，国家当时也没有立法。）掏麻雀时表弟用手电筒照着麻雀的眼睛，麻雀被突如其来的灯光照得发呆，一抓一个准……

第二天吃过早饭，姨妈在厨房里忙着收拾餐具，姨父去地里干活。表弟在我旁边耳语了几句，说要带我去海边洗海澡。表弟其实和我同岁，我只是大他一个月。当时，他向我做了个手势，又向姨妈的方向做了个鬼脸——示意我们不要让姨妈知道。接着，他神不知鬼不觉地将家里的两个暖瓶胆带了出来，又去仓房里拿了根细麻绳，我们俩一路小跑来到了海边。

那个海边其实是渤海湾的一个海汊子边，海滩比较平坦，海水也不深。

表弟先将两个暖瓶胆的瓶口塞好，又用细麻绳把它们捆在一起交给了我，并对我说："这是给你的，下海时抓住它不要松手。"原来表弟是用暖瓶胆给我当救生圈。

暖瓶胆当救生圈，我还是头一次听说。心想：这暖瓶胆能行吗？我有点儿怀疑。

于是，我对表弟说："我不会游泳，不下去了。"

"没事！"他说着，脱光了衣服冲向大海。只见他浪里白条，头露在水面上，两只胳膊由前向后有节奏地搂水，两腿一屈一伸的。他说他是蛙泳，我当时羡慕不已。后来我知道，他那是狗刨式！

表弟在海里耍了一阵欢，看我没下海，便上岸来拽我。他一边把我往海里拖，一边给我壮胆说："海边的水，最深到胸脯，不往里面去，没事的……"我拗不过他，就这样被他拖下了海。他成了我游泳的"启蒙教练"，确切地说，应该是"狗刨式游泳"的教练。

你还别说，那暖瓶胆真好使！浮力不次于救生圈。就是不知我当时被海水呛了多少口，那海水又咸又苦，呛得我鼻子火辣辣的。

中午，姨妈将饭菜在桌上放好。我们一进门，姨妈就问我们：

"是不是去洗海澡了？"

"没有。"表弟回答说。

"没有？把你俩胳膊伸过来！"姨妈怀疑地说。

我们俩乖乖地把胳膊伸到姨妈面前，姨妈用指甲轻轻地在我俩胳膊上一挠，我俩胳膊上立刻都出现了一道白色的印子。这道白色的印子就是刚洗完海澡的证据，没洗海澡的人胳膊上是挠不出白色印子的。

姨妈生气了，操起烧火棍，一边将烧火棍打在表弟的屁股上，一边嘴里说："小崽子，还敢撒谎！看你以后还敢不敢擅自洗海澡了！"

表弟疼得直咧嘴，一边用手捂着屁股，一边说："不敢了不敢了……"

姨妈是担心我下海出问题。

现在，这件事情已经过去几十年了，姨妈已经不在了。

可是，我还是很想念姨妈的，也非常留恋和表弟在一起的那段时光。

创作于2021年10月

学雷锋的一件往事

西丰县，辽宁省铁岭市下辖的农业县，过去也是辽宁省有名的贫困县。

20世纪70年代，我在西丰县第二中学（原韶山中学）读书。那时，每年放寒假，学校都会号召学生在寒假期间要学雷锋做一件好事。一般学校会下达些具体的任务指标，如帮助老人（主要是帮助五保户老人或军属老人）挑水、洗衣服、扫院子、劈柴等一些助人为乐方面的事。但是，还有一件事学校是经常要求学生做的，即每个人在寒假期间都要捡上几筐粪，开学后交到学校，以支援县里的农业建设。在我的记忆里，这件事，学校几乎是年年都要求学生做的，当然，这也是学雷锋的一项主要内容。

说实在的，没有从我们那时经历过的现在的年轻人，对于捡粪这件事，是很难理解与接受的。也许，会有不少的疑问。比如，捡什么粪？去哪里捡粪？用什么工具捡？筐能装粪吗？

等等。

有疑问正常，说起粪来，谁能不嫌脏呢？

当然，当时我们捡粪的环境与条件肯定比你想象的要好些。我们是去马路上捡粪。

"什么，马路上捡粪？马路上怎么会有粪？"你一定会这样问我。

的确，现在的马路上是不会有粪的。而我们那时的马路上，特别是通往乡村的马路上，经常会有马车、牛车、驴车经过。那个年代，县城或农村，主要交通工具就是些马车、牛车或驴车之类的，加之人们的环保意识还不强，许多牲口拉着车，屁股上并不佩戴"粪兜兜"。在马路上，马会拉"马粪蛋"，驴会拉"驴粪蛋"，牛会拉"牛卷子"。有时，羊群也会跑到马路上的。

那时，我响应学校的号召，拿把小板锹，拎个土篮子，时不时地跑到马路上去捡这些牲口拉的粪。

因为时值冬天，很多时候，当你发现牲口的粪便时，那些粪便已经冻在马路上了。如果赶上粪便冻得死死的，是很难把粪便捡起来的，你需要拿小板锹使劲地铲，铲的过程中，时常会有带着粪便的冰碴儿溅到你的身上……

那时的冬天，非常之冷，零下二三十摄氏度是常事。记得，捡粪时，那攥着小板锹的手，尽管戴着手套，也会感觉到冻手，有时候手要冻僵了，就把手往棉袄袖里面插，或者放在嘴前哈热气，那眉毛上、棉帽上，经常会挂些白色的冰霜。

捡回来的粪，暂时会放在院子的一个角落里，开学时再交到学校。

对于现在的孩子们来说，捡粪确实是个脏活。可那时我们响应学校的号召，头脑里好像没有"脏"这个概念。

时代发展了，学生捡粪的事，已经成为历史了。

但是，学雷锋并没有成为历史。时代还呼唤着雷锋，学习雷锋、弘扬雷锋的精神一直都在。想一想，热心公益，乐于助人，见义勇为，向上向善；干一行爱一行，立足本职，尽职尽责；谦虚待人，艰苦奋斗，甘于平凡，从点滴做起，在平凡中干出不平凡的业绩来……不都是学习雷锋、弘扬雷锋精神的具体体现吗？

半个世纪来，雷锋的名字伴随着我们一代代青年人成长。我相信，雷锋永远是人们学习的榜样！

创作于 2019 年 6 月

你斗过蛐蛐吗？

　　我斗过蛐蛐。斗蛐蛐可是一件非常有趣的事情，只是我斗蛐蛐这件事儿，已经过去几十年了。如果非要说起它，那就要从我的童年说起。

　　我的童年，有一段时间（1967 年—1970 年），是在沈阳度过的。

　　那段时间父亲在省军区工作。我家就住在省军区的家属大院里。家属大院当时又分为三个小院，即处长院、参谋干事院和首长院。我家住在处长院。那时，首长院和处长院之间隔着一道红砖墙。这道红墙有一人多高，那墙体的表面，经过岁月的洗涤已经略显坑洼不平，砖与砖之间原来的那层水泥，也有了不少的缝隙和小洞洞。到了秋天，那缝隙和小洞洞里经常会有些蛐蛐。我就在那里捉蛐蛐。

　　蛐蛐可是一种古老的昆虫了，至今约有 1.4 亿年的历史，比人类 600 万年的历史多了不止一倍。它的体色多为黑褐色，头部又圆又亮，头顶上长有两根长长的细细的丝状触角，嘴上有两颗钳状的锐利牙齿，背部有两张薄薄的会发声的翅膀，后腿比较粗壮，擅长跳跃。

在自然界中，我们知道老虎、狮子都有自己的领地。蟋蟀也一样，蟋蟀也有自己的领地。

一般雄性的蟋蟀，会为保卫自己的领地或争夺配偶权而互相撕咬。

人就是利用雄性蟋蟀这一好斗的特性，把两只雄性的蟋蟀捉回来、放在一起，让其争斗，以博取一乐。有资料显示，中国民间斗蟋蟀，始于唐朝，兴于宋代，盛于明清。至今，许多地方还保留着斗蟋蟀的习俗。但是，我已经很久没看到斗蟋蟀了。

那时，我们家属大院里的男孩子，到了秋天就开始玩斗蟋蟀了。

我自然也是其中的一员。

但是，玩斗蟋蟀，是有不少讲究的。通常先要给蟋蟀做个窝。蟋蟀的窝很简单，一般会找个罐头瓶，然后在罐头瓶的底部垫上一层土，并将土捣实；再在土上放几粒米和几个辣椒籽，这样蟋蟀的窝就做好了。那几粒米和几个辣椒籽是给蟋蟀预备的食粮。蟋蟀的食量很小，几粒米和几个辣椒籽就足够其吃几天的了。

将捉来的蛐蛐，投入窝中。一个窝（一个罐头瓶子），只能投入一只雄性的蛐蛐。俗语说："一山不容二虎。"一个窝里，想放进去两只蛐蛐，除非是一公一母。但是，一只雄性的蛐蛐是可以和多只雌性的蛐蛐同居的。

我特不喜欢雌性的蛐蛐。雌性的蛐蛐头小，肚子大，尾部那长长的针状或矛状的东西是产卵器，让人看着很不舒服。它不会鸣叫，也不会打斗，所以我从不捉它。大院里的其他男孩子也不捉它。我们只会捉雄性的蛐蛐用来打斗。

到了蛐蛐打斗的环节，还是很有乐趣的。

一般，小伙伴们要先约好时间地点。

然后，其中一人要预备好一个"斗罐"。"斗罐"就是蛐蛐打斗的场所，可以是罐头瓶子、废弃的牙缸，也可以是其他开口盒状的物品。

最后，双方还要各预备一根狗尾巴草秆，到时用来拨弄蛐蛐。

打斗伊始，双方将各自的蛐蛐同时扔进"斗罐"。这时，有战斗力的蛐蛐便会立刻将自己的两根丝状的触角伸向前方，就像侦察兵一样寻找着对手。如果两只蛐蛐相距稍远，你可以用狗尾巴草秆把它们往一起拨弄拨弄。当狭路相逢时，两只蛐蛐都会张开翅膀鸣叫一番，以声壮威，然后头对头，各自张开虎钳似的大牙互相撕咬，它们常常要咬上几个回合。胜者会鸣叫一番，这时，胜者的主人也会得意洋洋。

也有蛐蛐一扔进"斗罐"就萎靡不振、缺少斗志的。碰到这种情况，蛐蛐的主人会把自己的蛐蛐取出来，放在一只手心上，用另一只手握成拳状并反复有节奏地敲打有蛐蛐的这只手的手腕部，这时，掌中的蛐蛐就会随着敲打自下而上，反复地在掌中掂上几掂，就像物体在弹簧板上反复腾空一样，掂几掂之后，再把蛐蛐扔到"斗罐"里，这时，被掂的蛐蛐似乎被掂蒙了，张口就开咬。这其实是斗蛐蛐的技巧之一，也是大家常用的方法，掌握了它，就能把蛐蛐的战斗力充分地挖掘出来。

当然，每个蛐蛐的主人，为了自己的蛐蛐获胜，也都会有自己另外的高招。只是另外的高招，好像都是些诀窍，多有些"神秘"色彩，所以一般人都不愿意泄露。

记得，季节一到白露，有蛐蛐的地方就会多起来。像院子里的砖石下、土穴中、草丛间，都会有蛐蛐。

但是，我会始终在那红砖墙的缝隙处或小洞洞里捉蛐蛐。我坚持认为：经常和砖、水泥打交道的蛐蛐，要比栖息在土壤里的蛐蛐，身体要硬朗得多、牙齿要坚硬得多。这或许是我的诀窍，所以我也会秘而不宣。

在墙里捉蛐蛐，和在地上捉蛐蛐那是不一样的。地上捉蛐蛐可以不用工具，而在墙里捉蛐蛐，就必须要用专门的工具。不然你很难捉到蛐蛐。我有自己的专门工具：一根毛草秆、一根手指粗的胶皮管和一瓶水。

你也许会嘲笑我："这也算是专门的工具？"

哎，你还别说，这三样东西看着简陋，用起来却还真管用——墙缝里的蛐蛐，凡你能看到的，用毛草秆一拨弄，蛐蛐就出来了。而墙洞里的蛐蛐，如果墙洞是拐弯的，你看不见蛐蛐，就得用胶皮管吹，吹不出来，就用水灌，这两个办法总有一个适用。

为了捉到墙里面的蛐蛐，我还是很下功夫的。

记得一次，我发现墙体的小洞洞里有一个头大且触须直的蛐蛐，兴奋不已，觉得这一定是个不错的蛐蛐。于是，我操起胶皮管一阵猛吹，谁知这个小洞洞不是死胡同，和墙外（墙体的另一面）是相通的，结果蛐蛐从那边跑出去了。情急之下，我翻墙而入，却不小心碰到了一只水桶，水桶发出的声响惊动了首长家的警卫员。只见一个小战士从西边闻声而来，一个小女孩从东面过来，两个人向我合围过来。我当时吓得死死地趴在草丛里，一动不动，心想："如果让人抓去，通知我父亲，那就坏了……"想着想着，那小女孩已来到我的跟前。她认出了我，我羞愧地低头不语。她面色平静，没有吱声，示意那个小战士没发现什么，便转身回去了。

原来她是我的同班同学——刘小红。我误闯了她的家园。之前，我还真不知道她家住在这个院子里。虽然我们在一起上课，但从不来往……

我很庆幸当时她放过了我。不然，我挨训不说，至少父亲的脸也挂不住 —— 他的孩子跑到首长家的院子里淘气去了……

那年的年末，父亲由于工作需要，调到了铁岭某部，于是我们家也随之离开了沈阳。离开沈阳后，我再也没有玩过斗蛐蛐了。

现在，回忆起那段斗蛐蛐的经历，还是蛮有意思的。

特别是那位女同学当年的不驱赶之恩，我是永远不会忘记的。遗憾的是一直也没有机会让我对其表达出来。离开沈阳后，我们再也没有见过面……

创作于 2022 年 9 月

一件难忘的事

我时常回忆起我的童年。

童年留给我的记忆大多已经淡忘了，淡忘得一点儿都想不起来。能想起来的，基本都是些零零散散的碎片。

但是，尽管都是些零零散散的碎片，可每次回忆起来，都能从中感觉到快乐，它们就像海滩上的贝壳，五颜六色地珍藏在我的梦里。

不过，有一件事情倒是例外，它不像贝壳，倒像警钟，不管过去了多少年，都会在我的脑海里响起，可谓是刻骨铭心。

那是我6岁时的事了。

6岁时，我家住在抚顺市新抚区的公园街附近。当时，在我家的西北面隔着一条马路就是抚顺市著名的公园——东公园。家的东南面是挖掘机厂，紧挨着挖掘机厂的是一家电影院。电影院里每天都放着电影，可是看电影是需要买票的。当时，对于我们家来说，仅靠父亲一个人的工资维持全家的生活，想买张电影票就和过年差不多，还真是一件奢望的事。

有一天吃过早饭，我走在马路上，要去东公园。这时，从身边经过一辆公共汽车。忽然，我看见这辆公共汽车的车窗里掉出一包东西，这包东西正好落在我的眼前，我定神仔细地看了看，发现是个红色的布袋包，它鼓鼓的，里面好像装满了东西。

"一定是谁从车上不小心掉下来的。"，我一边想着，一边急忙捡起布袋包，迅速向公共汽车挥手，并且极力地向公共汽车呼喊着，可是，也许是因为我的嗓音还不如大人嗓音那样洪亮，人长得也小，公共汽车的司机好像根本没有注意到我。那公共汽车就像什么事情都没有发生，消失在远方。

望着公共汽车远去的方向，我呆呆地站在马路上，就像个木桩子。

当时，马路上的行人不多，好像没有人注意到我。我下意识地打开布袋包，看到里面是好几沓规整的纸条。纸条上面的文字，我大多不认识，我弄不清楚这些纸条上写了什么，但是，凭着感觉，我认为它们不是垃圾，便带回家交给了爸爸。

爸爸接过布袋包，看了看，告诉我，里面装的是20沓电影票。

我知道是电影票后，高兴得手舞足蹈。

可是爸爸却严肃地对我说："丢票的人一定很着急，你赶快把这些电影票送到公园边上的派出所去，交给警察叔叔。"

听到爸爸的吩咐，虽然我有些不情愿，但是爸爸的话还是要听的。

那时候，你不必怀疑一个6岁孩子的办事能力，也不必担心一个6岁孩子过马路的安全。那个年代，汽车很少，自行车也不多，虽然每个家庭的孩子基本上都不少，但是社会上还没听说哪儿有拐卖孩子的案件发生……所以家家的孩子都是处于"散养"状态。

我从爸爸手里接过布袋包，刚走出家门，就碰到了同楼住的"铁蛋"。他大我三岁，长得敦实，个头却和我差不多。他的眼睛很大，还长了个蒜头鼻子，他的爸爸又给他留了个小平头。

"干吗去？"他问我。

我告诉他："我要把捡到的电影票送到派出所。"

谁知，他听后竟然睁大眼睛，吃惊地问我："电影票？"

说着，他突然笑嘻嘻地拉住了我，拿起票来看。

"哇！这么多电影票！还是《鸡毛信》！今天晚上的。"他狂喜着，并反对我把电影票送到派出所，说要帮我把电影票拿到电影院门前卖掉。可我担心爸爸知道了会打我，所以没有同意。

于是，他顺手撕下两张电影票，嘴里说："好吧，那留两张，晚上咱俩去看电影。"

我犹豫了一下，但又认为他的这个主意不错——既满足了爸爸的要求，又看了电影，就依了他……

真没想到，《鸡毛信》的电影，我就是这样看的。那也是我平生第一次看，也是唯一的一次。

平日里在外面玩，天黑前是一定要回家的。那天晚上，我十点多钟才回到家里。

爸爸妈妈找遍了我常去的地方，怀疑我是去看电影了，就在家里焦急地等待着。我一进门，妈妈就厉声地说："干什么去了？这么晚才回来？"

我不知道该怎么回答妈妈的问话，低头不语，心里七上八下的。

这时，爸爸问我："是不是看电影去了？"

我抬头看着爸爸严肃的脸，没有勇气撒谎，一五一十地都跟爸爸说了，说完心想："今晚肯定要挨打了。"于是，我恐惧地将目光投向妈妈希望妈妈能"保护我"。

谁知道，爸爸听我说完并没有打我，而是要我到墙角处站着——不允许我动，声称："动，就打你。"

我一动没动。大约过了一刻钟，爸爸让我把《一分钱》的歌唱一遍。

"我在马路边捡到一分钱，送到警察叔叔手里边……"

等我把歌唱完，爸爸对我说："捡到别人的东西，那不是你的东西，你不能随便就动用，即使那东西再好你也不能要。要把捡到的东西尽快交给失主，找不到失主的要尽快交给警察叔叔。随便把捡到的东西变成自己的东西，不是好孩子……"

妈妈补充道："你喜欢什么东西可以和父母要，或者等你长大了，靠自己挣钱去买，别人的东西，你捡到了，不经人家允许，是不可以拿的，一点儿都不能拿。记住了吗？"

"记住了。"我回答着妈妈的问话。

这件事情，过去60年了，我仍然清晰地记着，不但自己记着，我还将它告诉给我的孩子们。

创作于2023年10月

忆同学诚

诚，是我初中时的同学。他是我们同学中，唯一的大学毕业后在京城里做官的同学。

记得刚恢复高考的第二年，诚考上了东北财经大学，这对于我们这个经济落后的山区来说，简直就是山窝窝里飞出个金凤凰，我们大家都跟着高兴了一阵子。不少同学，把诚作为榜样，争取也"弄"出个模样来。

诚，大学毕业后分配到了国家贸促会工作，后来又听说他做了贸促会的一个部门领导。他当官后，和我们同学的热情没有变，一点儿官架子没有，还是那样实在。每逢过年，只要他回来，他都张罗和我们同学们聚一聚，大家在一起喝喝茶叙叙旧。上个月的中旬，他还在微信里和我说，争取今年春节再聚聚。其实，他那时已经病了，他正在和病魔抗争。

去年，他被查出得了肺癌，之后一直在北京的一家大医院治疗。他怕同学们知道后，要从东北老家去看他，来回很不方便，便没有告诉我们。在微信里，他像往常一样，每天基本上都同我们保持联系，有关自己生病之事只字不提，诚是个意志坚强的人，对自己的身体也充满着希望。可就在昨天，我打开手机，忽然看到一条关于诚于凌晨两点去世的消息，我大吃一惊，我怀疑我的眼睛是不是出了问题，于是，我努力地调整好自己的状态，经再三确认，情况属实。

两日来，我茶不思，饭不想，夜不能寐。对于诚的离世，我很悲伤。

读初中的时候，每天半天文化课的时候居多，下午多半是自习或者是自由活的时间。那时，只要一有时间，我们几个同学，包括诚在内就会聚在一起，谈天说地，或者参加一些娱乐活动。

诚，天资聪颖，思维敏捷，写篇作文张口就来，许多古代经典的故事他都能倒背如流，这可能与其自幼受父亲的影响有关。诚的父亲早年是县中学的语文教师，后来被调到县教育局做管理工作。

诚的爱好比较广泛。

体育方面，诚爱打篮球，他特意买个篮球，没事儿找个篮球架就投几下；诚的撑杆跳成绩比较突出，曾代表学校参加过县中学生运动会；当然，他最爱的还是游泳，游泳的时候他经常约我和另外几名男同学同去，县城里那时没有游泳馆，周边的河流、水库，就是我们天然的浴场。其实，那些河流水库就是野浴的地方，说天然浴场好听些。野浴是没人管的，我们几个"小毛孩子"个个都是裸游，那真是"浪里白条"。有时还搞个"水上漂"——静静地躺在水面上，一动不动，真正地享受日光浴，一个个被晒得黑不溜秋的。

文艺方面，诚会拉二胡。他的二胡水平已经接近专业水平，属于无师自通型的。但是诚上大学后，不知为什么却放弃了拉二胡，可能是他的爱好太多，怕影响了主业的缘故吧。我和诚都曾经是学校演出队的，我们在一起跳过舞、演唱过，诚的表演天赋其实还是很突出的，特别是搞笑方面。他经常开玩笑或者搞"事情"把大家逗得捧腹大笑，他自己却装得一本正经，若无其事的样子。有一次 A 同学告诉我，他亲眼看到诚在上课时，偷偷将前座女同学的辫子绑在椅子的靠背上，该女同学并不知情。下课了，当那女同学站起身时，就听她"哎哟"一声又坐了回去，同学们见状，一边哈哈大笑一边都把目光投向了诚，可诚那会儿的脸色，却表现得非常严肃，在众目之下，他倒显得一脸无辜与无奈的样子……

诚，是我们同学中少有的活宝之一，哪里有他，哪里就有笑声。

诚的人缘很好，不论男同学还是女同学都很喜欢他，直到今天大家对他仍然赞不绝口，这可能和他平生幽默与正直有关。

可是，就是这样一个生活上有滋有味的人走了，永远地走了。诚还那么年轻，才66岁呀，就让他走了。

诚，曾送给我一本语文的高考复习书。那时，我正在部队服役，想报考部队的步兵学院，可苦于没有复习资料，诚知道后，就千方百计给我弄了一本。遗憾的是，后来部队对报考部队的步兵学院的考生，年龄上有严格的要求，而我却超龄了……

诚，是我们同学中的佼佼者。

创作于 2024 年 2 月

猫，我这样看你了

不少人喜欢猫，有的不惜花重金买只外国的波斯猫在家里养着。

我的朋友 A 也喜欢猫，他买了一只外国的折耳猫在家里养着，折耳猫似乎比波斯猫好看一些——水汪汪的大眼睛、浑圆的脸部，看上去挺漂亮的。

可是，我不喜欢。

也许是因为小时候听姨妈说过"猫是'奸臣'，谁家有好吃的就往谁家跑"，或者是因为小时候我的手被猫挠过。

总而言之，我是不喜欢猫的。

但是，自从两个月前一只猫跑到我家门口之后，我却改变了对猫的看法。

记得那天，门开着，一只猫不知什么时候跑到了我家门口，它站在那里，好像很谨慎，冲着屋里"喵喵"地叫着。我抄起一把笤帚，向它挥舞了两下，想把它赶跑。

谁知它没有被我的举动吓跑，而是目不转睛地望着我，嘴里仍然一个劲地"喵喵"叫着。我听不懂它的意思，但觉得好像在向我乞求什么。

我打量起这只猫来：一身灰色的毛带有黑色的条纹，瘦得皮包骨，肚子挺大的，脸竟然是一半土黄色一半黑色，真是太丑了，浑身上下脏兮兮的。我断定它是只带崽儿的流浪猫。我心软了。

我想，它一定是饿了，不忍心再撵它，决定弄碗粥给它。它好像明白我的意思，规规矩矩地站在门口等着，我把一碗粥放在了它面前，它没用几分钟就吃完了，吃完就走了。

第二天，我想那猫一定还会来，我就在外面预备点儿猫食。碰巧赶上我出差，一走好几天。

当我回来时，发现门外的猫食没有了，却有了一条小鱼。

奇怪，哪来的鱼呢？我心里想。

我和邻居说了这件事，邻居告诉我，前两天他看到一只丑丑的灰猫嘴里好像叼着一条小鱼往我家这边跑了。

邻居是个老实人。如此说来，这条小鱼一定和丑猫有关了？

我知道猫爱吃腥的，可这条小鱼，丑猫为什么没有吃呢？

我的家人知道后对我说，"莫非丑猫是为了感恩？"

于是，她给我讲了一个故事：

"在一个寒冷冬季的早晨，女主人像往常一样打开柴屋的门，准备取些木柴做早饭。忽然，她听到'喵喵'的猫叫声。'奇怪，家里没养过猫，究竟是怎么回事？'她边想边顺着叫声找过去，竟发现一只母猫和刚刚生下的六只小猫。

"小猫的眼睛还睁不开，冰冷的地面迫使它们缩成一团，一个劲儿地往母猫身子底下钻。看到有陌生人来了，疲倦而虚弱的母猫十分警惕，浑身的毛都竖了起来，它低声叫着，弓起腰，准备和入侵者拼命。

"女主人见此情景，不禁起了怜悯之心，她默默地回去，给母猫一家取来御寒的旧毛毡和一些吃的。母猫呢，仿佛明白了她的善意，也就毫不客气地大吃起来。就这样，一个月，两个月，小猫渐渐长大，冬季也在这温暖的呵护中过去。

"一天早晨，女主人像往常一样来喂猫，猫却全都不见了，它们悄悄地搬走了。后来，发生了很多怪事。门口时常会出现一条小鱼或者别的什么。是谁在开这样的玩笑？刚开始，大家以为是有人恶作剧。

"谁知，第二年依然如此。等到第三年的时候，家人觉得实在是太离奇了，于是，在一天晚上，男主人裹了棉被坐在外面，盯着门口，一定要查个水落石出。

"结果，半夜的时候，发现远处走来一只猫，嘴里叼着一条小鱼，走到门口，把鱼放下，然后悄然离去。"

"猫是在报恩。"我说。

家人的故事讲完了，我的心里像开了一朵花。

我无法考证这个故事的真实性，但是这个故事却拉近了我和猫的距离、改变了我对猫的看法。

我开始想念那只丑猫了——现在怎么样了？有吃的吗？是否下崽儿了……

先前拥有的——"猫是'奸臣'，谁家有好吃的就往谁家跑"的想法，此刻，也不知跑到哪里去了。

也许你还会有这种想法。

细想，有的人不是也有"贪心"的吗？吃着自家"碗里"的，却惦记着别人家"锅里"的，何况一只猫呢？

我喜欢上猫了……

创作于 2018 年 9 月

第三章　心灵的笛音

管钱的理由

有一天，一位女同事问我："你和嫂子谁管钱？"

我看她忧郁的眼神充满着期待，就回答她："你嫂子管钱。"

"那我请教个问题可否？"

"说吧。"

"我和我对象现在虽然还没有登记结婚，但是，我们已经是事实上的"夫妻"了，我们在一起居住已经快两年了，我们会在适当的时候把手续补上。"说到这，她好像有点儿不好意思地冲我笑了笑，接着又说，"这种情况我们俩的钱是否应该统一管理？然而又应该由谁管呢？"说完，她用期待的眼神注视着我。

我知道，她是在等待我的回答。

我想了想：住家过日子需要统一管理钱。量入为出不仅在企业里适用，在家庭中也适用。至于由谁管？当然谁管都可以。由谁管钱，没有固定的模式，人与人不同，家庭情况也会不同，这个应该由他们商量决定。但是，这样的回答显然不是她所要的结果。她那期待的眼神，又一次触动了我。于是，我又想，既然她问我了，那就说明她已经很在乎谁管钱的问题了。于是，我就对她说："既然你们已经在一起过日子了，那就你管钱呗！"

她听后，略有所思，又问我："那人家说我图他的钱怎么办？"

看来，她是想管钱，又怕人家说她图钱，所以，想从我这里讨一个两全其美的办法。于是，我就对她说："你就说，男人兜里有钱，有学坏的可能，我怕你乱花钱，所以想替你保管。"

她听我这么回答，便消除了顾虑，笑着说："这个办法好！"

我非常理解这位女同事。她想管钱无非是怕婚姻一旦不稳定自己吃亏，或者是怕自己的男人学坏。

可是，管钱总要有个理由。"替你保管"这个办法，我觉得对她很适用。因为，保管表面上看并没有转移所有权，她的男人好接受一些，至少没有理由拒绝。

当然，适用不一定正确。因为并不是所有的男人有钱都学坏。这要看男人的品德。

女人管钱之后，过日子，心里就有了底……

创作于 2017 年 5 月

人品与生意

前几天在手机上看到了一个视频，颇有感触。大意如下：

一男的搀扶一女的走进酒店。女的非常漂亮，但走起路来左摇右晃，一看就是酒喝多了。男的长相一般。酒店服务人员问："二位要开房吗？"男的回答："是，开个标准间。"

待酒店服务人员给二人办完手续后，男的对酒店服务人员说："她酒喝多了，希望酒店能派个服务人员送她去房间休息。"

酒店服务人员听后，一边用诧异的目光看着男的，一边答应了男的的要求。

男的在女的去房间后，便走出酒店，掏出手机设法通知女的家人。

那女的，其实没有喝醉，她是假装喝醉，是要看看那男的人品。见那男的走远了，她拿起手机对那男的说："××哥，我相信你的人品，明天我们合作……"

原来他们是在谈一桩经济上的生意。那男的没有因为美女喝醉了而乘人之危，表现出了良好的人品。

可见，人品对于生意是多么重要。我们可以设想一下，假如那男的贪恋女色……那还会有后来的合作吗？

人们常说："做事先做人。"做人是做事的基础和保障。

20世纪90年代，我在国外碰到过一伙国内的人，在国外做生意。他们开始时是合伙摆地摊，大家一起上货一起卖货。时间长了，他们认为这样效率太低，干脆分头行动，即：每个人各去一个市场卖货。这样，卖货的点位增加了，商品销售量也提高了。可是，他们中的一个人在去了一个新市场之后，发现那里的商品卖得比较好、价格也比较高，他就动了歪心思——卖完货，回来告诉大家："那个市场的价格和这边差不多。"起初大家都信以为真。于是，他将高出报价的收入据为己有。可是，日子久了，哪有不透风的墙？当大家知道真相后，那个人的人品丢了，同时也失去了和大家再次合作的机会。

可见，合伙做生意考验着合伙人的人品。

其实，无论你合不合伙，想做好生意，都要有良好的人品。

假如你自己做生意，为了钱财却经常以次充好、以假乱真、偷工减料……那么你的生意也不能长久。因为你的人品太差了，顾客早晚是要知道的。

我想起一件事来，20 世纪 90 年代，随着人们生活水平的提高，社会上一些人开始讲究起养生来。有这么一个人，他把低价收来的牛鞭，包装一下，当成高价的鹿鞭出售给需要的人，他很快就成了暴发户。

可是好景不长，他的事情就败露了。当众人知道他卖假货后，谁都不买他的货了，于是他破产了。

所以说，良好的人品，是做好生意的重要基础。一个诚实正直的人品能够赢得客户的信任，从而建立稳固的商业关系。人品不好，生意也一定做不好，即便是你做了，也不会做得长久。

创作于 2022 年 1 月

想发财吗?

——由朋友的发财梦想到的

我的一个朋友说，他做梦都想发财，发财了，就好好潇洒潇洒……

谁不想发财?

发了财，花钱爽、日子要好过得多。

可是，梦归梦，钱财不会大风刮来，也不会天上掉下来；它不会主动送到你的面前，也不会因为你想它了它就来到你的面前。

想发财，就要有发财的道。

古人言：君子爱财，取之有道。道，乃正道。

偷和抢，不是正道。

贪污受贿，坑蒙拐骗，也不是正道。

所谓正道，一般具备两点：一是来路合法，二是获取的方式正确。只有通过正确而合法的方式获得的财富，才为正道所得。那些通过不合法而获得的，即便你享受到了，最终也将付出惨痛的代价。

我的另一位朋友 A 下岗，听说开饭店挣钱，他借钱开了一家饭店。但他不会炒菜，也不懂经营，只有热情和干劲，起早贪黑忙活了三个月，结果，钱没挣到，还赔进去不少。

起初，A 君心态很好，不断地提醒自己：万事开头难，有困难也得坚持住！两个月过后，他仍然抱有希望，心想：挺过这段时间就好了。可是接下来生意还是不好，每天开销不少，入不敷出，钱袋子越来越瘪，三个月过后，挺不住了，只好关门。

关门之后，A 君很沮丧，心想：吃了不少苦，钱没挣到，还赔了不少。

生活往往就是这样，有些事，不是你吃苦就能办得到的。发财是有条件的，它不仅要求你合法，而且还要求你掌握一定的技巧与方法。

就说开饭店，首先，你最好是个"吃茬"。所谓"吃茬"，就是你先得爱吃，视吃为乐趣。A 君不太爱吃、对吃不讲究，吃起饭来，不管什么东西，也不管是咸了淡了，吃饱就行，他的乐趣不在吃上。很难想象，一个不爱吃的人能开好饭店。其次，你得会吃，什么样的好吃，什么样的不好吃，你得有一个基本判断，而且，你的判断标准（口味）能被大多数人认可，或者，你的口味适合大多数人。最好，饭店的主副食你都会做，不一定亲自做，但要会做。A君不但不会做，而且别人做得好坏他也说不准，只能听员工的。这怎么能行呢？外行不能领导内行。再次，你要懂经营。经营涉及很多方面，比如，饭店的选址、饭菜的质量（酒水）、价格的制定、原材料的采购、人员的配备、服务员的服务水平、规章制度的建立等等，这些方面你都得做好，这样，你的发财梦，就快实现了。就像一个人开服装店，他所卖的服装，在款式、颜色、质量、价格等方面都能被多数人看好，他的服装店才能开得有声有色。

说到底就是干什么要懂什么，懂什么要做好什么。

这道理说起来好像都懂，可是一旦做起来，能不能做到位就不那么容易了。

我记得北京有一个海底捞和我们这边的海底捞在品种特色上差不多，但是效益却不一样，北京的那个海底捞要比我们这边的海底捞好很多。为什么？调查一下，除了地理位置因素外，主要差距在服务上。比如，北京那个海底捞的全体成员，包括后厨的，收拾卫生的等等，如果和你打个照面，他们都会眼睛看着你、微笑地和你说："你好！"让你感到非常亲切。我们这边的，只有前台的服务员和你打招呼。你进来时，他眼睛看着别的地方，嘴巴却和你说："欢迎光临！"你走的时候，他好像在忙些什么、将后脑勺对着你说："欢迎再来！"有的服务员，甚至你来去他都没有动静，看都不看你一眼。

这样的饭店，想有个好的效益，我想不太容易。难道他们不知道服务员的服务水平至关重要吗？说起来好像都知道，就是做起来做不到位，做不到位等于白做。

不要小看服务水平。

在我家的旁边，有一家私人医院，每天来这里做 B 超的人络绎不绝。

是这里医术高明吗？

不是。这里的医术和别的医院都差不多，但是服务水平不一样。

在这里做 B 超，在你身体上滑动的探头是温热的，让你觉得特别舒服；而其他医院的探头是凉的，特别是冬天，冰凉的探头会让你感觉很不舒服。B 超做完，这里的大夫会亲自用热毛巾给你擦拭，其他医院的大夫，大部分会扔给你些纸巾，让你自己擦拭。

所以，服务水平不同，效益就会不同。

当然，我说的不一定全面，不同的行业也会有不同的要求。

但是，有一点一样，即做什么精通什么，精通什么做好什么。不管你做什么，你如果做不到这一点，对不起，就别再妄想了，老老实实地挣你的工资吧！

创作于 2020 年 1 月

找对象与拾贝壳

我们常常把恋人称为对象。一般来说，人到了谈婚论嫁的年龄，就该找对象了。

至于找什么样的对象，能否找到对象，这就要看你的运气或者说缘分如何了。那么找对象和拾贝壳之间有什么关系呢？

老实讲，没有什么关系。

但是，找对象却有点儿像拾贝壳。

那海滩上的贝壳，有大有小、五颜六色、各式各样，如果你想拾一个贝壳，你会拾哪一个呢？

你一定会选一个你最喜欢的。

同理，人群中，高的矮的、胖的瘦的、大的小的（年龄）、丑的俊的、穷的富的等等，你会选择一个什么样的人作为对象呢？

回答，你一定会选择一个你最喜欢的。

这是人之常情。有谁要找不喜欢的呢？

喜欢没毛病，喜欢是爱情的基础。

找对象建立在喜欢的基础上，两个恋人之间才会有情趣，情趣就像干柴烈火，会使两个人的情感急剧升温。

当然，由于每个人的恋爱观不一样，以至于每个人喜欢的内容也会不一样。你喜欢什么，是你自己的事。喜欢的结果，就要看你个人的造化了。

在这里，我所要强调的是：找对象又不同于拾贝壳，尽管它有点儿像。

像，是因为都存在"挑"的行为。

不同，首先，找对象具有双向选择，你看上我，我也得看上你，拾贝壳不具有双向选择；其次，从数量上看，拾贝壳，凡是好看的都可以拾，而找对象却只能找一个。

当然，这和你在哪个国家以及处于一个什么样的历史时期有关。

我们国家目前实行的是"一夫一妻"制。这就决定了你的对象只能找一个。

现在的年轻人精明得很，在找对象的问题上也许会有所谓的"全面培养，重点选拔"计划，这一点可以理解，谁不想找一个可心的对象呢？

但是你也只能是"这个"不成，才能找下一个。

这是做人的原则，也是道德底线，同时又是对人家的尊重。

这种"一只脚同时踏多艘船"的事儿，最好不要做，因为那样，搞不好是要把你自己掉到"水"里的。

所以，找对象是好事，但需谨慎。切记：它有点儿像拾贝壳但又不同于拾贝壳……

创作于 2018 年 10 月

看手机与打乒乓球

随着科技的飞速发展，手机的功能越来越丰富，除了具有通信功能外，还具有互联网、娱乐、拍照、摄像、导航、支付、社交等许多功能。这些功能给人们带来了很多的便利，成为人们日常生活中必不可少的物品之一。但是，手机就像世界上的许多事物一样，并不是十全十美的，它也有缺点。起码目前可以这样定义。比如经常看手机的人，一费眼睛，二累颈椎，久而久之健康也会出现问题，关于这方面的事例不胜枚举。那么，怎么样解决看手机与身体健康这对矛盾呢？办法肯定是有，而且非常简单，这就要求人们看手机时要有时有晌，不可把目光经常停留在手机屏幕上。不然，手机对人体的伤害也是非常严重的。这道理说起来似乎人人都懂，但是，就是有人不管你怎么说，哪怕你把嘴皮子说破了，他该看还是看——饭前看饭后看，睡前看睡醒看，走着看站着看……大有不累坏眼睛死不罢休的劲头。不知道你注意没有，随便在商业街、购物中心、办公楼、车站、机场等人员密集的地方，都能看到有人在看手机，他们虽然体态不一样，性别不一样，但姿势都一样——低着头，目不转睛，可谓孜孜不倦。这看手机就像抽了大烟似的——上瘾！

上瘾，本是指对某种物质或行为产生强烈的依赖和无法自控的一种状态，将之用在一些经常看手机的人身上实不为过。其实，看手机上瘾，同样会给个人、家庭和社会带来不良影响。当然，我不是反对看手机，我也看手机。

虽然现在人们的生活离不开手机，但是为了健康，有必要对看手机的行为加以限制，即必要的看，非必要的少看或者不看。最好，看手机也固定几个时间点，如无特殊情况，到时间再看。当然，接打电话、有事情需要处置例外。这样，余下的时间，就可以做点儿别的什么事情，最好去户外散散步、跳跳舞、跑跑步，或者做一些健身运动。这样，比闲着就看手机强。

从医学角度来说，长时间看手机，会导致身体出现毛病。具体说来，长时间看手机会导致负责调节眼睛的肌肉过度紧张，产生视疲劳。视疲劳非常容易引起近视，如果你已经近视了，那么会加重近视的程度。

据说，手机的屏幕有光照和辐射，如果看光时间过长，会对视网膜或黄斑内的感光细胞产生一定影响，久而久之，必然会给身体造成很大的伤害……

假如，你每天必须而且经常要看手机，那我劝你一定要抽时间，放松放松自己的眼睛，你可以打打乒乓球。

打乒乓球，是一项全身运动。它的运动量可大可小，节奏可快可慢。通过手眼脚的配合，不仅使身体的协调性、敏捷度提高，还可以使眼睛在盯球的过程中（随球运动）得到锻炼。有资料显示：经常转动眼球，能够防止视疲劳、眼干涩，同时，也能够对近视、老花眼等起到改善和预防作用。不仅如此，眼球的转动也能够让眼睛更有活力，让人看上去更有精神。这一点，你可以去看看那些经常打乒乓球的老年人，你从他们那里就能悟出：经常打乒乓球，能使身体充满活力。

我在海南时，碰到一些每年冬天都去海南度假的北方人，他们每天都坚持打乒乓球，他们告诉我一条经验：打乒乓球还能改善睡眠、调整胃肠、降低血压、降低血脂、锻炼大脑、改善情绪……

的确。如果在打乒乓球的过程中出一身透汗，然后冲个热水澡，你体会吧那感觉绝对是特别好。

另外，每天坚持打一定时间的乒乓球，可以帮助你戒除不良嗜好，培养你良好的生活习惯。关键是在打乒乓球的过程中，还能广泛结交一些纯粹的球友，大家虽然有着不同的职业与文化背景，但是能在一起切磋球技，畅谈人生，其乐融融，从而使你的生活步入健康的轨道。

　　我想，打乒乓球既然有这么多的好处，我们何乐而不为？当然，你也可以选择其他的健身活动。打乒乓球虽好，但绝不是唯一，每个人都可以根据自身的条件、自由地选择一项自己喜爱的健身活动，到时你看吧，经常爱运动的人，一定比经常爱看手机的人，身体状况要好得多……

　　　　　　　　　　　　　　创作于 2024 年 1 月

你爱晒太阳吗？

我们的生活离不开太阳，大家都喜爱太阳。

但是，绝不是每个人都喜爱晒太阳。

为什么？

怕被太阳晒黑了呗！

据我观察，外国人喜爱晒太阳的多，中国人喜爱晒太阳的少。

这可能与肤色有关，肤色不同，人们的审美观念也会不同。白种人认为：晒太阳，他们的肤色会变得白里透红（小麦色或巧克力色），显得健康耐看。黄种人认为：晒太阳，黄种人的肤色会变得黝黑，显得埋汰难看。

因此，外国人（白种人）热衷于晒太阳，热爱赤身裸体去享受沙滩、海水和阳光。而中国人不喜欢晒太阳，特别是女人，为避免被太阳晒黑，出门都把脸捂得严严实实或者抹上厚厚的防晒霜……

中国过去有"男的面赤，女的面白"之说，而如今这种说法可能不存在了。因为，现在大多数中国人还是喜欢皮肤白皙之人。

无论你是男人还是女人，多数人都会认为"一白遮百丑"。

这样，为了怕晒黑，采取点儿措施无可厚非，因为爱美之心，人皆有之。

但是，凡事要有个度，不能一点儿太阳也不晒，一点儿太阳不晒，时间久了就要影响身体健康了。

身体健康没有了，美又何在呢？

万物生长靠太阳，我们的身体也离不开太阳。每天坚持晒晒太阳，对我们的身体是有益处的。

据说：

晒太阳能增加皮肤的弹性，尤其是年长之人皮肤比较松弛，晒晒太阳有助于皮肤弹性的维系和改善。

晒太阳可以刺激我们人体的造血功能，年龄大了，从中医上看，气虚了血亏了精也亏了，那么，晒晒太阳，能'汲取日头之精华'，刺激我们人体的造血功能。

晒太阳还可以提高我们人体的免疫机能，尤其是体表的免疫机能，太阳光中有着适量的紫外线，它可以杀灭细菌和病毒。

晒太阳还可以调节糖代谢，高血糖的人晒晒太阳是有好处的。

最重要的是，晒太阳可以调节和促进我们人体对钙磷的代谢，促进我们的机体合成维生素 D。维生素 D，是人体吸收钙的过程中必不可少的物质。补钙，没有维生素 D 的参与，人的身体是吸收不了的。所以，晒太阳，既可以促进钙磷的代谢，又可以促进维生素 D 的合成，有助于我们身体对钙的吸收。"

晒太阳的好处真是很多！

但是，月满则亏、日中则移，晒太阳晒多了也不行。

暴晒或者将身体长期曝露在太阳底下，接触过多的紫外线，会使皮肤灼伤、干裂、脱皮，严重者会引发皮肤癌变。

所以，晒太阳也是有讲究的。

清晨或者傍晚晒太阳最好，因为这段时间红外线强，紫外线弱，太阳对我们的皮肤损害比较小。

晒太阳的时间，每天最好 20 分钟，晒过太阳之后，要多补充水分，多吃水果，水果里面富含维生素 C，以防止黑色素的形成。

看来，我们的身体只有正确地晒太阳，才能好处多多。

仔细想想，其实人的思想也应该经常"晒晒太阳"。比如不断地"解剖"自己，提高思想认识；加强人与人之间的沟通交流，消除隔阂；调整好心态，以阳光的心态面对生活、面对工作，等等。

思想上经常"晒晒太阳"，灵魂才不会发霉变质。

如此说来，人的灵魂与身体都需要经常晒晒太阳。

你说呢？

创作于 2020 年 4 月

人还是厚道点儿好

不知道你发现没有，厚道的人总是招人喜爱，刻薄的人总是不招人待见。

为什么呢？

相传：清末民初的时候，有个叫胡三的更夫，几十年来，他都按时在街头巷尾打更报时，即使是刮大风下大雨，他也没有耽误过。夜深，他发现谁家忘记吹灯，为了防止火灾，他就敲门将户主叫醒，把油灯吹灭；若谁家有人晚归，忘了关门上拴，他就悄悄喊人将门关上，以防贼人乘虚而入……

有资料显示：秦末汉初时，夏侯婴和刘邦打闹，被刘邦打伤，按秦律刘邦是要被判刑的，可是夏侯婴却坚持说不是刘邦所伤，保护了刘邦，自己却坐了一年多的大牢……

或许你从以上的事例中悟出了一些厚道的人为什么招人喜爱的原因。如今，社会向前发展了，但是厚道的本色没有变。

通常厚道的人具有以下特征：

1. 如果你和厚道的人成为朋友，他会和你交心，以诚相待，不会虚情假意；

2. 如果你和厚道的人做生意，他会恪守诚信，一是一二是二，不会欺诈你；

3. 如果你和厚道的人在一起共事，他懂得给你或别人多留些空间，不会过分指责谁，也不会让谁在众人面前难堪。

一言以蔽之：厚道的人，懂得宽容，懂得换位思考。的确，厚道的人待人处世真诚，脾气和善温和，不尖酸不刻薄。

世上有厚道的也就会有不厚道的。而那些不厚道的人，和厚道的人正好相反，他们没有真诚而言，满脸的虚情假意，骨子里散发着尖酸刻薄。在他们眼里金钱与利益最为重要。为了金钱和利益，他们不惜出卖灵魂、出卖朋友、见利忘义、落井下石，甚至恩将仇报。他们仅为了自己一吐为快，常常说话口无遮拦，根本不考虑别人的感受，经常是当面一套背后一套，表面上有情有义，暗地里阴险狡诈。他们根本见不得别人的好，心胸狭隘，嫉妒心强，总是宽以待己、严以待人……

在人际交往中，其实有一个定律，即：你怎么对人，别人就会怎么对你；你对别人刻薄，别人也会对你刻薄。这就好比自然界中存在的一种反射或者说一种逆反应。就像你站在镜子面前微笑，镜子里面的人也微笑，你皱眉，镜子里面的人也皱眉。

所以，那些待人刻薄之人，在与人打交道时，总是会得到相同的刻薄回应。只是，他们平日里对别人刻薄惯了，而一旦发现别人对自己刻薄时，他们会有所不适，会火上心头，甚至还会痛苦不堪。

如此说来，不管从哪个角度来说，人还是厚道点儿好。那种不厚道的行为，会给对方造成伤害。古人云：厚德载物。厚道之人，必有后福。

新东方创始人俞敏洪在北大读书的时候，他每天都主动打扫宿舍的卫生，帮室友们打开水，一干就是四年。有人嘲笑他傻，他却不在意，只是笑着说："大家都是同学，不用太计较。"后来，俞敏洪创办新东方时，寻求合伙人，昔日的大学室友都纷纷前来支援……他们对俞敏洪这样说："就冲你上学时，义务帮我们打开水这件事，我们信你！"可见，为人厚道，既能种下善因，又能广结善缘，终会得到福报。

当然，厚道也是做人的一种原则与修养，是高情商的一种表现。

左宗棠有一句名言：精明不如厚道，计较不如坦诚，强势不如和善。这句话体现了左宗棠的价值观和处世哲学。我们是否可以拿来借鉴？

和厚道的人交往，舒服惬意。

创作于 2015 年 4 月

那个小镇那片天

我要说的是一个偏远的小镇。

那里没有高楼大厦，也没有小桥流水，只是一个普普通通的小镇——一条马路，马路两边瓦房一字排开，住着几十户人家。小镇里大部分人没乘过火车，也没坐过飞机。他们整日面朝黄土背朝天，日出而作日落而息，过着古老的农耕生活。只有一小部分人，在小镇里经营杂货店、小餐馆或者跑跑运输。他们经常跑外，见过世面，知道外面的世界很精彩，于是回到镇内就滔滔不绝地演说，搞得小镇里的一些年轻人纷纷跑到城里去，死活不肯再回到小镇。这些年轻人，喜欢城里的方便舒适，艳羡都市的摩天大厦，欣赏闹区的"灯红酒绿"。而我却和他们恰恰相反。

我久居城里，不喜欢城里的喧嚣、拥挤，尤其是那旷日持久的雾霾……

我向往城外的生活。多少次，我从梦中醒来，幻想着有一天回到从前、回归自然，驾着水牛、扶着木犁在一块属于自己的田野上犁田、播种。那是一片净土，空气新鲜，没有化肥，没有杀虫剂，更没有污染……

但，这终归是幻想。也许一个人过一种生活过久了，就会出现审美疲劳，就会觉得乏味无聊。前些日子，有人说："摸着媳妇的手，就好比左手摸右手……"是呀，两个人在一起的日子久了，"感觉"没了，"兴趣"没了。

人是不会安于现状的。就像世界上许多白种人为了让自己变得黑一点儿，经常裸体晒太阳，而许多黄种人却都想让自己变得白一些，他们怕晒太阳，尤其是那些大姑娘、小媳妇，遇到阳光，或者抹上厚厚的防晒霜，或者戴上遮阳帽、打起太阳伞，时常还要人为增白。那些胖人，天天想着减肥，而那些瘦人却天天想着增肥。诸如此类，不胜枚举。

我也是不安于现状的人，久居小城，时常向往着回到小镇、回到自然。

在前年的五月，一个无处不飞花的季节，我来到小镇。

小镇的四周是田野。田地里，麦苗青青，好大一片，像绿色的海；原野上，野花遍地，五彩缤纷，像彩色的霞。小镇在花朵和麦苗的环抱中，宛如一幅水彩画，清新、自然。

那天，正是下地做活的时间，小镇上，行人稀少，偶尔能听到生意人的吆喝声。我走在小镇的街上，感觉到了小镇的宁静。宁静的小镇空气也新鲜，天地间弥漫着麦苗的清香和野花的芬芳……

然而，让我惊叹的是小镇的天空。

小镇的天空是蓝色的。

那是一种不深不浅的蓝，蓝得晶莹、均匀，没有一点儿瑕疵，简直就是块无边无际的蓝色水晶，让人感到天之纯净与浩瀚。

对于我，那是一种久违的蓝。那天，云很少，只在天边有几朵洁白的云；云飘得很慢、很轻，软绒绒的，就像太平洋上远航的帆……

我没有想到小镇的天如此洁净、辽远，让人舒服，令人兴奋。那种长期在雾霾笼罩下滋生出的"压抑""郁闷"等不良情绪，一下子不知跑到哪里去了。

我高兴地要在小镇住上几天。入住的那天夜里，小镇的人已进入梦乡，而我却毫无睡意，望着满天的星斗思索：为什么我国经济发达的地区雾霾严重？经济发展和雾霾是一种什么关系？难道发展经济就得有雾霾吗？

人类的生存与发展需要良好的自然环境，现代企业追求"可持续性"的发展，我们的子孙后代需要蓝色的天空……

其实，我们都应该为保护和改善环境做些什么。

那天，我就这样一直想到深夜。深夜时，小镇的天还是蓝蓝的，只不过颜色要深得多。月亮像玉盘一样嵌在天幕里，满天的星斗，有几颗大大的发着亮光，不时有流星划过……小镇的天空令人享受，启人思索。

时间过得可真快，一转眼，我离开小镇已经二年多了。现在，我还常常想起小镇 —— 小镇的麦苗，小镇的野花，小镇的空气。尤其是那挥之不去的小镇的蓝天，每每想起，我还都会忘情不已……

该文发表于《散文百家》2015 年 10 月

车上要有个行车记录仪

同事老王今天上班迟到了。

我在单位看到他时，他满脸愁容。平日里，老王可是个乐天派，从来没看他愁过，今天这是怎么了？我觉得奇怪，便问了他。

原来，老王在上班的路上驾车和另一辆车发生了剐碰。碰他车的那辆车，是个宝马车，开宝马车的是个女的。老王说，那女的，从外表上看，年轻靓丽，打扮得体，绝对是个高素质的美女。可是，老王通过和她打过交道后，却觉得那女的心灵一点儿都不美。人的好坏，是不可以只看外貌的。

据老王说，当时他驾车，按着绿色的信号灯，在一个丁字路口，正由南向西左拐，而此时的直行（东西）方向为红灯。可是，竟然有一辆宝马车由东向西（直行）闯了红灯，并与老王的车发生了剐碰。那女的要求老王赔车，理由是转弯车辆必须让直行车辆（先行）。老王听罢则一脸愕然，当即指出："你闯红灯，应该负全责。"那女的，估计也知道自己理亏，却死不认账。老王无奈，只好报警。交警来了，那女的不但不承认自己闯红灯，反而还指出老王有闯红灯的嫌疑。老王被那女的气得顿时火冒三丈，一句话都说不出来，心想这女的也太奸诈了。

之后老王了解到，那女的之所以如此奸诈，是她对这个路口的交通设施了如指掌——这个交通路口，由于不是主要路口，既没有监控，也没有照相设施。碰巧发生事故的这两辆车又都没有行车记录仪。遇到这种情况，交警也不好处理，最后判了双方对等责任、各修各的车。

老王明知自己有理，却因为拿不出有效的证据，而使自己吃了亏。他想打官司，可又苦于没有时间和精力，只好认倒霉了。

这件事，让我想起另一件事来：有一天，在路口两辆车因遇红灯而一前一后停着。这时，前面的车，不知什么原因，向后发生了溜车。后车的司机见状，急忙鸣笛，可是前车的司机似乎没有听到。就听"咣当"一声，前后两车撞在了一起。前车的司机立刻下车指责后车的司机："你为什么撞我？"后车的司机自然不让，据理力争。双方你一句我一句僵持不下。忽然，后车的司机想起自己的车上有行车记录仪，于是说："你不承认没关系，我车上有行车记录仪。"前车的司机一听说有行车记录仪，立刻也不吱声了。

的确，行车记录仪是可以用来作为证据的。如果老王的车上当时有行车记录仪，是不是也能证明自己的清白了？那警察也不会因为没有证据而无奈了。

当然，我们国家路口的交通监控与照相设施，应该完善。但是，作为一个有良知的人，不能因为路口没有监控和照相设施就肆无忌惮地闯红灯。闯红灯，很可能影响自己和他人的人身安全，也可能对自己或他人造成严重的财产损失，是得不偿失的。

我相信，随着我们国家道路交通状况的监控装置逐步完善，人们的思想道德水平不断提高，行为会不断规范。

目前（截至 2022 年 3 月底），全国机动车保有量达 4.02亿辆，汽车驾驶人达 4.50 亿人。如此庞大的驾驶人队伍，人员素质参差不齐……

俗语说："林子大了，什么鸟都有。"为防万一，我觉得车上安装个行车记录仪还是必要的……

创作于 2022 年 7 月

减少二氧化碳的排放刻不容缓

又下雨了，不知道台安县境内的汛情怎么样了。

几天前，我和几位朋友刚从台安县回来。在台安县的那几天，台安县的防汛形势非常严峻，境内的几条主要河流水位均创历史新高。当地政府已组织人力在各个河岸的堤坝上，搭起了一些帐篷，布置防汛人员 24 小时值班。

那天，我们到达台安县的柳河时，柳河的水位已漫过第一道堤坝。那原在第一道堤坝和第二道堤坝之间的田地（包括停车场），已经是一片汪洋了。台安县前文联主席王勇告诉我们："柳河在下游汇入辽河。"

而辽河，目前在盘锦境内的主要支流——绕阳河曙四联段已发生了溃口，溃口附近，大量稻田已被淹没……

进入 7 月份以来，辽宁省多地遭受强降雨天气，降雨量超同期六成，省内多条河流处于高水位运行。

据说同期的重庆，由于持续高温，已有 66 条河流断流。

那本该是涨水时期的长江，大片江滩裸露着，整个长江流域都遭受着 60 年来最严重的干旱……

一般来说，我们国家幅员辽阔，每年有一些地区遭受旱涝等自然灾害实属正常。但是，近十几年来，受灾的程度及其频率，有愈演愈烈的趋势。

主要是由于全球气候变暖，导致全球的极端性天气频繁出现。

前些日子，我在电视上看到，今年夏季以来，欧洲由于异常的高温少雨，多条河流湖泊和多座水库水位出现明显下降，有的甚至干涸……全球范围内的厄尔尼诺现象和拉尼娜现象，让人防不胜防。人类的生存环境受到了严重威胁。

据权威人士分析说："探其原因，主要是温室排放出了问题。"

温室排放，是指大气中自然存在的水蒸气、二氧化碳和甲烷等气体的排放。这些气体由于能吸收地表的红外辐射而成为地球的绝热层。同时，它们又是地球上生命的保护屏障。地球上，如果没有温室气体，那么地球表面的气温将会下降 33 摄氏度，从而导致世界上的大片土地会被冰层覆盖、气候变得极其寒冷、许多生物都会灭亡……

所以，温室气体还是要有的。但是，影响气温变化的关键不是温室气体的存在，而是温室气体在大气中的浓度。近二百年来，随着工业的发展，人类大量地使用化石燃料，如石油（汽油）、煤炭等，排放了数百万吨的二氧化碳，这么多的二氧化碳，进入到大气中，增加了温室气体在大气中的浓度。当大气中温室气体的浓度增加时，地球表面的温度就随之上升，导致地球变暖。

　　地球变暖，会导致南北两极的冰川逐渐融化，海平面不断上升，陆地居住面积不断缩小，大洋中的一些岛国就会逐步消失。由于海水表面温度逐渐升高，全球的台风和飓风有增强的趋势。台风来袭，必将带来巨大的雨量……

　　可见，人类限制二氧化碳的排放，阻止地球变暖，已经刻不容缓。不然，有一天，地球将会变成一个大大的烤炉，人类将从此消失，这可不是危言耸听。

创作于 2023 年 8 月

不知道的不等于不存在

　　遛狗，是养狗人的事，有点儿养狗常识的人，都应该懂得其中的道理。即使没养过狗的人，也一定看过养狗人遛狗。狗是需要遛的，养狗的人有遛狗的习惯。

　　可是，你听说过遛猫的吗？或许，你对于我提出这样的问题，会觉得有些可笑："这世界上哪有遛猫的呀？"

　　是呀，起码在大众层面上，这世界上很难看到有谁遛猫。过去我没有看过，也没有听说过。身边的一些养猫人，我问过他们，他们也说没有听说过，也没有遛过。

　　假如在昨天之前，你否定有遛猫的，我会赞同你的观点。可就在昨天我去公园散步时，却看到了一个遛猫的。当时，是一个中年男子在前面走，后面紧跟着一只猫。我看到之后感觉非常惊讶，我怀疑我的眼睛是不是看错了，于是我定了定神，仔细看了看，确定那确实是一个中年男子和一只猫。但见那男子走走停停，那猫也走走停停，那男子走到哪里，那猫也随之跟到哪里。我好奇地问那男子："你是在遛猫吗？"那男子点点头，嘴上说："是的。"接着他又微笑着说："你觉得新奇是吧？我已经习惯了，一直都在遛。"他的表情看似很平常。

而我却被眼前的这一人一猫给惊呆了。你会说我少见多怪吗？可是我的的确确是第一次看到遛猫的呀！在我看来，这简直是不可思议的事情。

其实，世界上不可思议的事情多了，没看到或者没听说过，不等于不存在。

看这被遛的猫，比圈在家里的猫四肢发达。为什么呢？生命在于运动呗。

经过一段时间观察，我发现这遛猫和遛狗，它们有相同点又有不同处——遛猫时，人在前面走，猫在后面跟着，而遛狗时，狗在人的前面还是后面就不确定了。而且遛狗时，一般要在狗脖子上拴根绳子。遛猫，则不用。还有，遛狗时，有时狗会在前面走（跑），人在后面被狗拽着走（跑），碰到这种情况，你搞不清楚是人遛狗，还是狗遛人。而相比遛猫，人在前面走，猫在后面跟着，人走到哪儿，猫就跟到哪儿，是地地道道的人遛猫。

我忽然想起有一次去北京，在前门大街上，一男子在前面走着,后面跟着一只黑色的鸟。那只鸟离主人时远时近。远时,它就箭一样迅速地飞到主人身边;近了,它就慢慢悠悠走走停停,且东张西望。当时,由于我和养鸟人走的是相反方向,所以,也没有来得及看清楚那只鸟是什么品种的鸟。

其实,看没看清楚是什么鸟无所谓了,因为什么鸟都有可能。

就说麻雀吧,都说麻雀气性大,和人很难相处。但是,我有个朋友,却养了一只麻雀。这只麻雀是他当年在园子里捡到的,他发现这只麻雀时,麻雀身上的羽毛还没有长全呢,他把这只麻雀带回家,精心饲养。麻雀长大时,竟把他的家当成自己的窝,赶都赶不走……

这说明什么?说明世界上的一切事情都有可能发生。

这世界上的事情千奇百怪,有许多是你根本不知道的,就像遛猫,或者说养麻雀……虽然你没有看到,但它存在着。

这个客观事实的存在,是不依赖于你的意志而存在的,人们对这个存在的认识,需要个过程,这个过程也符合人类认识世界的过程,即:由自知甚少向自知甚多转变的过程……

创作于 2021 年 1 月

一个普通人

她长得很普通，家境也很普通，靠工资生活。目前已退休多年，是我的乒乓球球友。由于年长我一岁，我称她为大姐。过去我们并不相识，是退休后在球场上认识的。我们经常在一起切磋球技，常常有说有笑，畅所欲言。时间久了，有关她的一些故事，也知道了一些。

20世纪80年代，在她已经是妈妈的时候，有一天，她正在园子里干活，忽然背后传来"扑通"一声，把她吓了一跳，回头一看，原来是个七八岁的小男孩和几个小伙伴一起爬围墙，他不小心从围墙上跌落下来了。小男孩倒在地上，胳膊不敢动，表情痛苦。那时候，人们没有手机，普通人家里也没有固定电话，大街上也没有出租车。大姐在得知小男孩的家是在去医院的途中时，便抱起小男孩就往小男孩的家里赶。她急急忙忙健步如飞，但身体必须要保持相对平稳、不能颠，颠了小男孩的胳膊受不了。她想把小男孩尽快交给他的父母，从出事地点到小男孩的家，她整整走了30分钟，却一分钟也没停歇。其实，她的身体单薄着呢——1.6米的个儿，95斤的体重。可她那时仿佛有使不完的劲儿。

当她把小男孩送到他的家里，汗水已湿透了她的衣衫，她无暇顾及自己，盼着早点儿将小男孩送到医院让医生检查检查。可是小男孩的母亲碰巧不在家，小男孩的父亲却表现出一点儿都不着急的样子。他一面向大姐说这孩子欠打，一面不断地呵斥着小男孩。这让大姐心里翻个个儿、很不是滋味。她想对小男孩的爸爸说：小男孩是需要管，但不是现在。现在需要你抓紧时间带着你的孩子去医院，难道你孩子的健康不是大事吗？我怀疑你是不是小男孩的亲生父亲！可大姐话到嘴边又咽了回去，心想：毕竟这是人家的事呀。大姐无奈了，她努力克制住自己的情绪，嘱咐了两句："还是尽快把孩子送到医院看看吧！不要耽误孩子的病情。"

在回来的路上，大姐哭了，泪水止不住地流。曾有人问过她为什么哭？她说："我也说不清楚，可能是因为我也是个孩子的母亲缘故吧"。

还是20世纪80年代的事。一天晚上9点左右，大姐路过家附近的公共汽车站，发现一个十来岁的小女孩手里拎着一个小布袋在站点上来回踱步，她目光焦急，一个劲地看着远方公共汽车来的方向。这时，大姐正路过她身边。小女孩看到大姐，赶忙问："阿姨，还有公共汽车来吗？"大姐看了看时间说："够呛了孩子，一般末班车路过这个站点的时间是晚上 8 点 40 左右。这个时间末班车应该是过去了。你为什么不早点儿过来呢？"

原来，小女孩的妈妈病了，爸爸上夜班，她去医院给她妈妈抓药，抓了药要在这里倒车回家。大姐听罢，立刻安慰好小女孩，回家取来自行车把小女孩送回了家。那天晚上，大姐半夜才回到自己的家。

大姐是个热心肠的人，现在年近 70 岁了，仍然助人为乐。她有个小电瓶车，平日里，哪个球友快递件到驿站了，不方便取，她知道了，就给捎过来。她每天坚持和我们打乒乓球。她的心态很阳光，从来没有和我们球友红过脸。生活上大姐过得很简朴，衣服不追求名牌，也不追求新颖，用大姐自己的话说："衣服干净、得体就行。"

她自家快递拆下来的、废弃的包装纸盒，她从来不扔掉，她把它们积攒起来一起卖掉。她生活上很仔细，但从不抠门。有一次她去逛街，发现一个烧饼很好吃、很有特色，就自掏腰包给我们每个球友（六七个人），买了两张。大家吃着大姐买的烧饼，心里热乎乎的。

就在前几天，离大姐家不远的一条高速公路，因受强降雪天气的影响，被临时封闭了 30 多个小时。一些滞留在高速路上的司机、乘客，吃饭喝水成了问题。大姐知道后，带着一箱方便面和一些饮用水，就加入了救援队伍。人家问她："方便面多少钱一袋？"她告诉人家："免费！"

的确。大姐的奉献不为索取，是免费的。她经常自譬自己是棵小草。她说："是小草，就为这世界奉献一抹淡淡的绿。"大姐用行动践行着自己的诺言。

说到这里，我想申明，我知道的有关大姐的故事到此结束了。这些故事绝对是真实的故事。大姐姓赵，名淑霞。

杨绛说过一句话："简朴的生活、高贵的灵魂，是人生的至高境界。"

我想，大姐不就是简朴的生活，高贵的灵魂代表之一吗？她平日里看上去很普通，但骨子里却很高贵。

其实，真正高贵的人，往往都是看起来很普通的⋯⋯

创作于 2024 年 1 月